Bywyd byrlymus Elin eto . . .

Cylchgrawn

Calon

curiad calon

Cindy Jefferies

Addasiad Gwenno Hughes

1. Curiad Calon
2. Bechgyn, Bandiau a Sgidiau

Argraffiad cyntaf: 2012

ⓗ addasiad Cymraeg: Gwenno Hughes 2012

Rhif rhyngwladol: 978-1-84527-412-2

Teitl gwreiddiol: *A Dream Come True*

Mae'r cyhoeddwyr yn cydnabod cefnogaeth ariannol
Cyngor Llyfrau Cymru.

Cyhoeddwyd yn wreiddiol yn Saesneg yn 2011 gan Usborne Publishing Ltd,
Usborne House, 83–85 Saffron Hill, Llundain EC1N 8RT.

© Testun gwreiddiol: Cindy Jefferies 2011.

Cyhoeddwyd yn Gymraeg gan Wasg Carreg Gwalch,
12 Iard yr Orsaf, Llanrwst, Conwy LL26 0EH.
e-bost: llyfrau@carreg-gwalch.com
lle ar y we: www.carreg-gwalch.com

Argraffwyd a chyhoeddwyd yng Nghymru.

Y
swydd
berffaith

"Mi gei di hongian dy gôt yn fan hyn," meddai'r ferch smart â'r gwallt melyn hir, gan ddal y drws yn agored i Elin a siglo ar ei sodlau anhygoel o uchel yr un pryd. Roedd gwên ar ei gwefusau, ond doedd hi ddim yn edrych ar Elin mewn gwirionedd – roedd ei gwefusau sgleiniog fel petaen nhw'n fwy cyfarwydd â phwdu na gwenu. Diflannodd ei gwên bron yn syth, a gwgodd er mwyn i Elin ddeall bod ei chael hi yno'n boen iddi.

Ond doedd Elin Cadwaladr ddim yn mynd i adael i'r ferch hon godi ofn arni. Efallai mai dim ond am bythefnos o brofiad gwaith roedd

5

hi'n mynd i fod yn ymuno ag Adran Olygyddol cylchgrawn *Calon*, ond roedd y cyfle yma'n bwysig iawn iddi. I ddechrau, roedd hi wedi gorfod tawelu amheuon ei mam pan soniodd am y peth am y tro cyntaf.

"Os oes gen ti ddiddordeb mewn ffasiwn, pam na wnei di ofyn i reolwr un o'r siopau?" roedd ei mam wedi gofyn. "Byddai wythnos neu ddwy yn gwerthu dillad yn hwyl, ac mi fyddet ti'n siŵr o gael gostyngiad ar unrhyw beth yr hoffet ti ei brynu."

Roedd Elin yn teimlo'n ddig. Roedd hi'n gwybod bod ei mam yn *casáu* meddwl amdani'n dilyn ôl troed ei thad i'r byd newyddiaduriaeth. "Dydw i ddim eisio *gwerthu* dillad," atebodd. "Dwi eisio *sgwennu* amdanyn nhw – ac am bethau eraill hefyd." Gwelodd Elin yr olwg ar wyneb ei mam a cheisiodd dawelu ei meddwl. "Dydi o ddim yn *beryglus*," meddai. "Cylchgrawn i'r arddegau ydi *Calon*. Dwi wedi edrych ar amserlen y bysiau – dim ond dau fws sy'n rhaid i mi eu dal. Mae Hannah yn gorfod dal trên a cherdded am oesoedd i gyrraedd y fferm ddinesig lle fydd hi'n gweithio. Mi fydda i'n iawn. Wir yr. A beth bynnag," – ceisiodd Elin swnio'n wylaidd, ond roedd ei llais yn gadarn – "mae'n rhaid i bawb yn y dosbarth sgwennu adroddiad ar eu profiad gwaith. Bydd yr adroddiad gorau'n cael ei roi ar wefan yr ysgol. Dwi eisio iddyn nhw ddewis fy adroddiad i. Dwi eisio bod reit yn ei chanol hi."

Cymylodd wyneb Gaenor Cadwaladr, ac roedd Elin yn difaru ei bod wedi sôn am fod yng nghanol y bwrlwm.

Yna meddalodd wyneb ei mam ac ochneidiodd. "Rwyt ti'r un mor benderfynol â dy dad. Dwi'n siŵr y byddai o wedi dweud wrthat ti am fynd amdani, felly ddyliwn i ddim trio dy rwystro di, na ddyliwn?"

Cofleidodd Elin ei mam i ymddiheuro ac i ddiolch iddi. "Felly mi wnewch chi ofyn i Yncl Meurig?"

Gohebydd tramor oedd tad Elin. Bu farw tra oedd o'n gohebu mewn rhyfel cyn i Elin gael ei geni, felly roedd hi'n deall yn iawn pam nad oedd ei mam yn frwdfrydig ynghylch ei hawydd hithau i fod yn newyddiadurwraig. Yncl Meurig oedd brawd hynaf ei thad, ac roedd o'n aelod o fwrdd rheoli *Calon*. Hwn oedd hoff gylchgrawn Elin, a'r union le roedd hi'n breuddwydio am weithio ynddo.

Cofleidiodd ei mam hi'n ôl. "Gofyn *di* i Yncl Meurig. Alli di ddim bod yn newyddiadurwraig os nad wyt ti'n fodlon gofyn am ffafr!"

Doedd ffonio Yncl Meurig ddim wedi bod yn hawdd. Doedd gan Elin ddim cof o'i gyfarfod o erioed. Er iddo helpu allan yn ariannol ar ôl i'w thad gael ei ladd, roedd Yncl Meurig yn gandryll fod ei frawd wedi marw ac wedi beio pawb a phopeth am yr hyn ddigwyddodd, gan gynnwys Gaenor, mam Elin. Roedd Gaenor yn teimlo bod ei ymateb yn gwbl afresymol. Ffraeodd y ddau o ganlyniad i hyn, a doedden nhw ddim wedi bod mewn cysylltiad ers blynyddoedd.

"Allwn i byth fod wedi rhwystro dy dad rhag mynd." Dyna ddywedodd Gaenor wrth Elin un diwrnod wrth iddi hel atgofion am y gorffennol. "Er gwaetha'r ffaith mod i'n feichiog, roedd yn rhaid iddo fynd. Roedd o ar dân eisio dweud y gwir am sefyllfaoedd erchyll, ac yn teimlo bod ganddo ddyletswydd i'r holl bobl oedd yn cael eu lladd yno." Ochneidiodd Gaenor a rhoi ei braich o gwmpas Elin. "Mi fyddai o wedi dy garu di gymaint," meddai'n drist. "Trueni na chafodd o dy weld di o leiaf unwaith, ond roedd o 'run mor ystyfnig â ti. P'run bynnag," ychwanegodd yn frysiog, "does dim pwynt hel meddyliau. Roedd hynny amser maith yn ôl."

Roedd Elin yn gwybod ei bod hi'n ystyfnig, a hoffai feddwl ei bod hi'n debyg i'w thad, er nad oedd hi erioed wedi'i gyfarfod. Efallai ei bod wedi etifeddu ei ddiddordeb yntau mewn ysgrifennu? Doedd dim siawns y byddai Elin yn dilyn gyrfa fel gohebydd rhyfel, gan mai ffasiwn, bandiau bechgyn a lles anifeiliaid oedd ei diddordebau hi ar y funud. Roedd hi *wastad* wedi dyheu am fod yn newyddiadurwraig ac yn gwirioni ar gylchronau sgleiniog oedd yn cyfuno eitemau ar ffasiwn a chlecs gyda phynciau mwy pwysig. *Calon* oedd ei ffefryn hi, gan eu bod nhw'n cyfweld y bobl roedd gan Elin fwyaf o ddiddordeb ynddyn nhw.

A dweud y gwir, roedd y sgwrs gydag Yncl Meurig wedi mynd yn dda. Roedd Elin wedi paratoi rhestr o ddadleuon i'w berswadio i adael iddi gael profiad gwaith ar y cylchgrawn, ond doedd dim rhaid iddi ddefnyddio 'run ohonynt.

"Wrth gwrs y cei di," meddai'n syth. "Ddyweda i wrthyn nhw pryd i dy ddisgwyl di, ac os ca i gyfle ella ddo i draw i fynd â ti allan i ginio ryw ddiwrnod." Oedodd am eiliad ac yna chwerthin. "Alla i ddim credu dy fod ti bellach yn ferch ifanc. Y tro diwetha welais i ti, dim ond babi bach oeddet ti!"

"Wel," meddai Gaenor ar ôl i Elin ddweud yr hanes wrthi. "Do, mi wnaeth o dy gyfarfod di, unwaith, ond chymerodd o fawr o sylw ohonot ti. Dwi'n meddwl bod ofn babis arno, a dim ond ychydig wythnosau oed oeddet ti." Gwenodd ar ei merch. "Ella ei fod o'n barod i fod yn ffrindiau erbyn hyn."

Roedd hyn oll wedi digwydd wythnosau'n ôl. Ers hynny, roedd Elin wedi bod ar bigau'r drain yn aros am ei diwrnod cyntaf ar y cylchgrawn. O'r diwedd, roedd y diwrnod mawr wedi gwawrio, a theimlai Elin braidd yn nerfus. Byddai pethau'n wahanol pe bai hi'n adnabod Yncl Meurig yn dda. Efallai y byddai o wedi cynnig ei chyfarfod a'i thywys o gwmpas, ond roedd hi ar ei phen ei hun bach wrth gamu oddi ar y bws a cherdded i'r swyddfa lle byddai hi'n gweithio am y bythefnos nesaf.

Roedd Elin yn gymeriad cryf, clyfar a

hyderus, ond roedd yr adeilad gwydr a dur oedd yn gartref i *Calon*, *Curiad* a'r dwsin o gylchgronau eraill oedd yn perthyn i'r cwmni, yn ddigon i godi ofn arni. Roedd yn rhaid iddi dynnu anadl ddofn i sadio'i nerfau cyn cerdded at y dderbynfa yn y prif gyntedd. Wedyn roedd yn rhaid iddi aros i un o staff *Calon* ddod i'w thywys i fyny i'r swyddfa olygyddol ac roedd hynny'n ei gwneud hi'n fwy nerfus fyth. Roedd y cyntedd yn llawn o bobl olygus, smart ac erbyn i'r ferch hardd gyda'r gwallt melyn hir gyrraedd i'w thywys at y lifft, roedd Elin yn crynu fel deilen.

"Haia," meddai'r ferch, heb gyflwyno'i hun. "Ti ydi'r ferch profiad gwaith, yntê?" Roedd hi'n amlwg nad oedd y ferch benfelen yn awyddus i edrych ar ôl disgybl ysgol. Ond yn y lifft, tra oedd y ferch yn ei hanwybyddu'n ddigywilydd, cafodd Elin gyfle i ddod ati'i hun. Roedd hi'n benderfynol o fwynhau ei phrofiad gwaith, ac erbyn i'r ddwy gamu allan o'r lifft, teimlai

Elin yn fwy hyderus. Roedd popeth dan reolaeth ganddi.

Er hynny, roedd hi'n gymysgedd o nerfau a chynnwrf wrth iddi stryffaglu i hongian ei chôt gyffredin yr olwg ar yr hangyr dillad melfed swanc roedd y ferch wedi'i estyn iddi. Roedd enw dylunydd dillad enwog yn blastar ar hyd yr hangyr a rhywsut roedd yn gwneud i gôt Elin edrych yn flêr. Rowliodd y ferch benfelen ei llygaid yn ddiamynedd. Roedd côt Elin yn hongian yn gam, a gwep y ferch yn awgrymu'n gryf nad oedd blerwch o'r fath yn dderbyniol. Ceisiodd Elin osod ei chôt yn daclusach. Roedd y cotiau a'r siacedi eraill ar y rheilen yn codi ofn arni gan eu bod yn hongian mor berffaith, a doedd yr olwg ddiflas ar wyneb-colur-perffaith y ferch ddim yn helpu. Ond roedd Elin yn benderfynol o beidio â gwangalonni – roedd hi yma, yn gwireddu ei breuddwyd.

Roedd Elin wedi cymryd gofal mawr gyda'i cholur a'i dillad ac wedi trafod y peth hyd syrffed gyda Hannah, ei ffrind gorau yn yr ysgol, yn y gobaith ei bod yn edrych yn dderbyniol.

"Rwyt ti eisio edrych yn dda, ond rwyt ti hefyd eisio cael dy gymryd o ddifri fel cyw newyddiadurwraig, yn dwyt?" dywedodd Hannah.

Felly, yn hytrach na ffrog fini, roedd hi wedi dewis ei hoff drywsus a thop, a'r esgidiau newydd roedd hi'n gwirioni arnynt. Roedd hi'n meddwl ei bod hi'n edrych yn dderbyniol . . . yn ffasiynol yn ogystal â phroffesiynol. Doedd ei mam ddim yn fodlon iddi wisgo gormod o golur p'run bynnag ond heddiw roedd y ddwy'n gytûn. Doedd dim pwrpas i Elin geisio edrych yn ugain oed pan fyddai'r staff i gyd yn gwybod mai merch ysgol pedair ar ddeg oedd hi. Er hynny, cyn gynted ag y gadawodd hi'r tŷ, ychwanegodd Elin haen arall o fasgara, er mwyn gwneud yn siŵr ei bod hi'n edrych yn iawn.

Yn naturiol, cariai'r rhifyn cyfredol o

Calon yn ei bag. Roedd ganddi hefyd rywbeth gafodd hi gan ei mam cyn iddi adael i ddal y bws.

"Dyma ti!" Roedd Gaenor wedi gwthio llyfr nodiadau du, henffasiwn i'w dwylo. "Un dy dad oedd hwn. Mi brynodd o fo cyn mynd ar ei drip olaf ac wedyn anghofio'i bacio fo."

"Diolch, Mam." Er bod hyn wedi cyffwrdd calon Elin, doedd y llyfr ddim y math o beth roedd hi'n ddychmygu y byddai newyddiadurwyr *Calon* yn ei ddefnyddio. Roedd hi wrth ei bodd yn cael rhywbeth i'w hatgoffa o'i thad, ond pe bai rhywun o *Calon* yn ei weld byddai gan Elin gywilydd gan ei fod mor henffasiwn. Gwthiodd Elin y llyfr i'w bag a rhuthro i ddal y bws. Dim ond cael a chael oedd hi.

Prysurodd ei chamau unwaith eto er mwyn cadw i fyny gyda'r ferch benfelen. Dilynodd hi trwy'r cyntedd, i gyfeiriad y swyddfa. Dim ond newydd gael cip ar y desgiau a'r cadeiriau drud yr olwg a'r môr o garped gwyn roedd Elin pan ddaeth y ferch i stop yn gwbl ddisymwth. Bu bron i Elin fwrw yn ei herbyn.

"Wnaethon nhw ddim dweud wrthat ti am ddod â sgidiau sbâr i'r swyddfa?" holodd.

Edrychodd Elin i lawr ar ei thraed. Am eiliad, doedd ganddi hi ddim syniad am beth roedd y ferch yn sôn. Yna cafodd fflach o ysbrydoliaeth wrth feddwl amdani'i hun yn cerdded ar draws y carped gwyn ar ôl bod yn cerdded drwy'r glaw a'r strydoedd budr. Byddai'n gadael marciau ym mhobman! Cochodd mewn cywilydd. "Soniodd Yncl Meurig 'run gair am sgidiau," meddai gan deimlo'n ddig wrthi'i hun am swnio mor llipa.

Ysgydwodd y ferch ei gwallt melyn hir yn bwdlyd. "Er mwyn popeth!" meddai dan ei gwynt, ond yn ddigon uchel i Elin ei chlywed. "Ty'd yn dy flaen." Gwthiodd heibio Elin gan ochneidio, a mynd yn ôl i'r cyntedd. Am un eiliad erchyll, roedd Elin yn meddwl ei bod ar fi'n cael ei thaflu allan, ond yna gwelodd y ferch yn agor cwpwrdd oedd yn llawn dop o bob math o esgidiau sodlau uchel. "Be ydi maint dy draed di?" holodd.

"Pump." Roedd Elin yn benderfynol o beidio â gadael i hyn ei bwrw hi oddi ar ei hechel.

Chwifiodd y ferch ei llaw i gyfeiriad yr esgidiau a throi i fynd. "Chwilia am rywbeth i dy ffitio di, wedyn rho dy sgidiau dy hun yn *daclus* yn y cwpwrdd arall a ty'd i'r swyddfa. Does gen i ddim amser i aros amdanat ti."

Plygodd Elin i lawr ac edrych ar y pentwr esgidiau mewn anobaith. Doedd hi erioed wedi bod yn gyfforddus yn cerdded mewn sodlau uchel, ac roedd y rhain yn uwch nag unrhyw beth roedd hi'n gyfarwydd â nhw. Am eiliad, meddyliodd tybed a allai hi gerdded o gwmpas yn droednoeth, ond gwyddai ym mêr ei hesgyrn na fyddai hynny'n dderbyniol yn swyddfa *Calon*.

Rhoddodd y pâr cyntaf yr edrychodd hi

arnynt o'r neilltu'n syth. Roedden nhw wedi'u gorchuddio â mwclis a phlu, a'r sodlau'n ddigon main i dostio malws melys arnynt. A dweud y gwir, roedden nhw'n llawer rhy ffansi ar gyfer gweithio mewn swyddfa. Ond yng nghefn y cwpwrdd, daeth Elin o hyd i bâr o sandalau mwy cyfforddus yr olwg. Doedden nhw ddim mor trendi â rhai o'r lleill, ond roedd Elin wrth ei bodd gyda lledr meddal coch y strapiau. Diolch byth, meddyliodd Elin, maen nhw'n ffitio fel maneg ac yn edrych yn grêt hefyd.

Rhoddodd ei hesgidiau hi ei hun i gadw yn y cwpwrdd, a chodi'n simsan i'w thraed. Teimlai tua hanner metr yn dalach. Roedd tro yng ngwadnau'r sandalau, ac wrth iddi gymryd ei chamau cyntaf teimlai fel petai hi'n rowlio tua'r swyddfa drwy'r carped trwchus – bron fel petai'n dioddef o salwch môr.

Oedodd wrth y drws am eiliad, i wneud yn siŵr nad oedd hi mewn perygl o fwrw'i phen yn erbyn y lintel. Yna dwrdiodd ei hun am fod mor hurt. Doedd y sandalau ddim mor uchel â *hynny*.

Doedd dim dwywaith fod camu i mewn i'r swyddfa'n brofiad brawychus, ond roedd Elin wedi dod cyn belled â hyn a doedd hi ddim yn un i roi'r ffidil yn y to.

Mae gen i hawl i fod yma, meddai wrthi'i hun yn gadarn. *A wna i ddim gadael i* neb *na* dim *fy nhaflu i!*

Brwydrodd Elin yr ysfa i edrych i lawr at ei thraed wrth iddi gerdded; daliodd ei phen yn uchel a gwthio'r drws yn agored. Doedd dim golwg o'r ferch benfelen, ond roedd yna ferch arall, un ddel iawn gyda gwallt tywyll sgleiniog, yn eistedd wrth ddesg ger y drws. Edrychodd i fyny a gwenu ar Elin. "*Calon*, y cylchgrawn sy'n cyffwrdd pawb," meddai. "Croeso i'r Adran Olygyddol. Alla i dy helpu di?"

Llamodd calon Elin wrth iddi glywed y geiriau enwog oedd yn ymddangos ar glawr y cylchgrawn bob mis. "Diolch," meddai gan geisio cadw'r cyffro o'i llais. "Elin Cadwaladr ydw i. Dwi yma ar brofiad gwaith."

Crychodd y ferch ei hwyneb am eiliad cyn sylweddoli pwy oedd hi. "O ia, Elin." Gwenodd eto. "Ydi Meurig Cadwaladr yn perthyn i ti? Mae'n enw anghyffredin iawn, tydi?"

Nodiodd Elin.

Edrychai'r ferch yn falch ohoni'i hun. "Ro'n i'n meddwl." Oedodd. "Dydi Glôôriaah ddim yn edrych ar dy ôl di?"

"Wel, mi ddaeth 'na ryw ferch i nghyfarfod i yn y cyntedd . . . " Doedd Elin ddim eisiau cyfaddef nad oedd y ferch benfelen wedi cyflwyno'i hun, a doedd hi'n sicr ddim yn mynd i sôn am y busnes gyda'r gôt a'r esgidiau.

"Er mwyn popeth! Ddyliwn i wybod y byddai hi'n dy adael di ar dy ben dy hun!" Gwthiodd y ferch ei chadair yn ôl a chodi.

"Ocê, mi edrycha i ar dy ôl di. Carwen Steffan-Jones ydw i." Estynnodd law lipa i Elin. Ysgydwodd Elin ei llaw gan sylwi'n syth ar yr ewinedd hir, porffor. Ceisiodd ddyfalu sut yn y byd roedd Carwen yn defnyddio cyfrifiadur gyda'r fath grafangau. "Paid â phoeni os wyt ti'n anghofio'n henwau ni," meddai Carwen. "Maen nhw ar ein desgiau, felly galli di gymryd cip bach slei heb orfod cyfaddef nad wyt ti'n cofio." Chwarddodd, a cynhesodd Elin ati. Roedd hi'n edrych ychydig yn iau na Glôôriaah, ac er ei bod hi'n amlwg yn llawer hŷn na phedair ar ddeg, roedd Elin yn gobeithio y bydden nhw'n dod yn ffrindiau da. "Dilyna fi. A' i â ti am sgowt sydyn o gwmpas y swyddfa. Dyma ddesg Glôôriaah."

Wrth edrych ar yr enw ar y ddesg, bu bron i Elin chwerthin yn uchel. O'r ffordd yr ynganodd Carwen yr enw, roedd Elin yn meddwl ei fod o'n swnio'n egsotig iawn ond Gloria oedd o ar bapur. Gloria Buddug-

21

Beynon. Am enw hurt! Wrth i Elin feddwl pa mor wirion oedd ymdrechion Gloria i fod yn wahanol, symudodd Carwen yn ei blaen.

"Dyma ddesg Eleanor Mosse. Hi ydi'r Is-olygydd. A dyma" – pwyntiodd Carwen fys a'i ewin perffaith – "Glyn, sy'n gwneud rhywbeth rhyfedd i liniadur Eleanor. Fo ydi'n arbenigwr cyfrifiaduron ni."

Roedd Elin yn meddwl bod Glyn yn edrych yn debycach i aelod golygus o fand bechgyn nag i arbenigwr cyfrifiaduron, ac o'r olwg llygaid llo bach roedd Carwen yn ei wneud arno roedd yn amlwg ei bod hithau'n cytuno. Ond pan edrychodd Glyn i fyny, doedd o ddim fel pe bai o'n gwerthfawrogi dim o'i fflyrtio hi. Anwybyddodd hi a gwenu ar Elin. "Haia!" meddai ac ysgwyd ei law yn gadarn. "Yma ar brofiad gwaith wyt ti, ia? Gobeithio na wnaiff y dreigiau 'ma dy ddychryn di. Os wyt ti'n cael llond bol, dos i weld Swyn yn yr ystafell bost. Mae hi'n glên ofnadwy." Taflodd wên ddireidus i gyfeiriad

Carwen cyn ailddechrau canolbwyntio ar dynnu'r bysellfwrdd oddi ar y gliniadur. "Gyda llaw," ychwanegodd yn hamddenol wrth brocio y tu mewn i'r gliniadur â sgriwdreifar bach, "Dydw i ddim yn gwneud rhywbeth rhyfedd. Mae 'na fatri bach y tu mewn i hwn sydd angen ei ailosod." Gosododd y bysellfwrdd yn ôl yn ei le gan edrych yn falch iawn ohono'i hun.

Crychodd Carwen ei thalcen. "Mi fyddi di'n torri rhywbeth wrth ffidlan fel'na ryw ddiwrnod," meddai. Yna edrychodd yn ddryslyd o gwmpas y swyddfa wag. "Lle mae pawb?"

"Mae Eleanor a Gloria wedi mynd i ffau'r llewod hefo Jo."

"Hebdda i?" holodd Carwen yn bigog. "Ddywedodd Eleanor y bydden nhw'n ceisio trafod y sesiwn tynnu lluniau nesa pan o'n i'n rhydd er mwyn i mi ymuno â nhw. Mae gwaith y dderbynfa i fod i gael ei rannu, ond *fi* sy wastad yn gorfod ei wneud o."

Martsiodd drwy'r swyddfa, ac Elin yn ei chanlyn yn ceisio dyfalu beth oedd ystyr "ffau'r llewod".

Arweiniodd Carwen y ffordd drwy ddrws gwydr ac i mewn i swyddfa fewnol fawr oedd wedi'i dodrefnu'n chwaethus. Ar y drws roedd arwydd yn dweud *Seren Maelor – Prif Olygydd*. Mae'n rhaid mai hwn oedd ffau'r llewod felly. Doedd enw Glyn arno ddim yn llenwi rhywun â hyder! Gallai Elin weld nifer o bobl y tu mewn, ac un ohonynt yn tynnu mwy o sylw na'r gweddill – merch hynod drawiadol gyda chroen tywyll, iach yr olwg, ac esgyrn wyneb perffaith. Tynnwyd ei gwallt du yn ôl oddi ar ei hwyneb ac roedd ei cholur yn bictiwr. Roedd hi'n dal, hyd yn oed heb ei hesgidiau sodlau uchel. Gwisgai grys hufen a sgert dynn oedd yn gwneud iddi edrych yn llawn awdurdod, ac yn adleisio harddwch perffaith y lilis yn y cawg wrth ei hymyl.

Wrth i Carwen ac Elin agosáu, trodd y ddynes ei llygaid brown i edrych arnynt.

Penderfynodd Elin fod yn ddewr ac aeddfed a chyflwyno'i hun.

"Elin ydw i," meddai gan gamu i mewn i'r swyddfa a chynnig ei llaw i'r ddynes soffistigedig. "Mae'n siŵr bod Yncl Meurig wedi sôn amdana i."

Tawelodd yr ystafell a syllodd pawb ar Elin. Lledodd llygaid y ddynes soffistigedig ryw gymaint, a daeth cysgod gwên i'w gwefusau. "Wnaeth o ddim siarad efo fi," meddai mewn llais cyfoethog oedd fel pe bai'n atseinio drwy'r ystafell, er ei bod hi'n eithaf tawel yno mewn gwirionedd. "Rwyt ti wedi gwneud camgymeriad; mae arna i ofn. Eleanor Mosse ydw i, yr Is-olygydd. Mae'n siŵr ei fod o wedi siarad efo Seren Maelor, ein Prif Olygydd."

"Wrth gwrs," baglodd Elin dros ei geiriau gan dynnu'i llaw yn ôl a theimlo fel plentyn bach. "Mae'n ddrwg gen i." Pe bai hi heb fod yn gwisgo esgidiau mor wirion, byddai wedi cicio'i hunan. Roedd yn gwbl amlwg nad hon oedd y Golygydd. Doedd hi ddim yn edrych yn debyg i'r llun oedd ar glawr y cylchgrawn bob mis. Ond sut gallai Elin egluro nad oedd hi wedi sylwi ar y Prif Olygydd gan fod yr Is-olygydd yn ei rhoi hi yn y cysgod? Fyddai o ddim y peth callaf i'w ddweud!

Edrychodd Elin ar Seren Maelor, oedd yn sefyll wrth ymyl desg anferth. Roedd y llun ar glawr y cylchgrawn yn gwneud iddi edrych yn gyfeillgar yn ogystal â hardd. Ond doedd hi ddim yn edrych yn gyfeillgar rŵan, er ei bod hi'n hardd. Roedd ei dillad hi'n soffistigedig ac yn amlwg yn ddrud ond roedd ei hwyneb fel iâ. Oedd hi wedi digio am fod Elin wedi'i hanwybyddu hi yn ei swyddfa'i hun? Pam byddai camgymeriad syml gan ferch ar brofiad gwaith yn ei gwylltio gymaint? Yna cofiodd Elin am Yncl Meurig. Tybed a oedd o wedi gorfodi Seren i gytuno i gymryd Elin yn erbyn ei hewyllys? Efallai nad oedd Yncl Meurig wedi gwneud ffafr â hi wedi'r cwbl.

Suddodd calon Elin i ddyfnderoedd ei sandalau coch benthyg. Y peth olaf roedd hi angen oedd i'r Prif Olygydd ei chasáu hi, dim ond am ei bod hi yno. Ond wedyn, doedd hi heb wneud pethau'n hawdd iddi hi'i hun chwaith. Roedd Elin bron â thorri'i bol eisiau gwneud argraff dda, ond rhwng busnes yr esgidiau, a rŵan hyn, y cwbl roedd hi wedi llwyddo i'w wneud oedd gwneud ffŵl ohoni hi'i hun. Ond tybed oedd hi wedi gwneud gelyn hefyd?

Ffrind mewn angen

Ceisiodd Elin wneud y gorau o'r gwaethaf drwy wenu'n betrus ar y Golygydd. Roedd Seren Maelor yn ddynes smart gyda gwallt melyn cwta wedi'i steilio'n gelfydd o gwmpas wyneb crwn meddal, pryd golau. Gwisgai ffrog lwyd o doriad da, ond wnaeth ei hwyneb ddim meddalu o gwbl, er bod Elin yn gwenu arni. A dweud y gwir, edrychodd drwy Elin heb hyd yn oed ei chydnabod.

"Ddylet ti ddim fod wedi gadael dy ddesg," cyfarthodd ar Carwen mewn llais caled, gan barhau i anwybyddu Elin. "Ti sydd i fod ar ddyletswydd yn y dderbynfa. Gloria, rho rhywbeth i'r ferch 'ma ei wneud. Cadwa hi allan o'r ffordd."

Teimlai Elin yn gandryll ei bod hi'n cael ei hanwybyddu, ond doedd ganddi ddim calon i wrthwynebu. Yna tynnwyd ei sylw gan fag blewog ethnig yr olwg oedd dan fraich y Golygydd. Doedd Elin ddim wedi bwriadu syllu mor galed, ond edrychai'r bag yn chwithig iawn mewn swyddfa mor foethus. Yna, er mawr syndod iddi, symudodd y bag a daeth trwyn bach miniog i'r golwg. Syllai dau lygad bach brown ar Elin, a dechreuodd cynffon flewog hir ysgwyd y tu ôl i fraich Seren. Er gwaethaf ei hanniddigrwydd, cafodd Elin yr ysfa mwyaf ofnadwy i chwerthin.

"Coffi, Gloria," meddai'r Golygydd gan gosi clustiau'r ci ac anwybyddu Elin a Carwen yn llwyr. "Tyrd ag un i Eleanor a Jo hefyd. Rhaid i ni wneud y trefniadau ar gyfer y sesiwn tynnu lluniau 'ma."

Rhwystrodd Elin ei hun rhag edrych ar y

ci. Roedd Carwen eisoes wedi'i heglu hi'n ôl i'r dderbynfa, felly edrychodd Elin ar Gloria i weld beth ddylai hi ei wneud. Ond edrychai Gloria bron mor flin â Seren. Teimlai Elin fod rhai o staff golygyddol swyddfa *Calon* yn gwastraffu llawer o egni'n gwylltio – ac ar hyn o bryd, roedd y rhan fwyaf o'r dicter hwnnw'n cael ei gyfeirio ati hi. Yna sylwodd ar ddyn canol oed gwallt tywyll â sbectol, yn gwisgo siaced liain grychlyd, yn pwyso yn erbyn desg y Golygydd. Mae'n rhaid mai Jo oedd o. Gwenai'n llawn cydymdeimlad arni, ond cyn iddi gael cyfle i ymateb, cydiodd Gloria'n giaidd yn ei phenelin a'i llywio allan o'r swyddfa. Caeodd Gloria'r drws y tu ôl iddyn nhw cyn gollwng braich Elin.

"Dilyn fi!" meddai mewn llais oeraidd.

"Iawn," cytunodd Elin gan rwbio'i phenelin. Teimlai fel petai'r gwynt wedi'i dynnu o'i hwyliau'n llwyr, ond doedd hi ddim am adael i Gloria neu Glôôriaah (neu sut bynnag roedd hi'n hoffi i'w henw hurt gael ei ynganu) weld hynny. Wedi'r cwbl, nid Elin oedd ar fai bod Gloria'n gorfod edrych ar ei hôl hi.

Cydiodd Gloria mewn pentwr o bapurau wrth fynd heibio desg Eleanor a phrysuro at ei desg ei hun gydag Elin yn llusgo y tu ôl iddi fel cynffon barcud. Cododd Glyn ael ar Elin wrth iddi sgrialu heibio, a cheisiodd hithau wenu'n llydan arno – heb fawr o lwyddiant.

Eisteddodd Gloria wrth ei desg a gwthio pentwr o amlenni tuag ati. "Rho'r llythyrau yma mewn amlenni, gan wneud yn siŵr dy fod ti'n cyfateb yr enw ar y llythyr gyda'r enw ar yr amlen." Roedd hi'n siarad ag Elin fel petai hi'n blentyn bach. Rhoddodd Gloria'r llythyrau i Elin heb edrych arni. "Dwi'n cymryd y galli di ddod i ben â hynna?"

Cymerodd Elin y pentwr gan deimlo fel petai hi wedi cael cam. "Wrth gwrs y galla i. Eu plygu nhw fel hyn a . . ."

Ochneidiodd Gloria. "Well i ti ddangos i mi. Dos yn dy flaen. Gwna'r un cyntaf i mi gael dy weld ti wrthi."

Byddai'n well gan Elin fod wedi rhoi bys yn llygad Gloria na dangos ei sgiliau stwffio amlenni iddi, ond brathodd ei thafod a cheisio cadw'r cryndod o'i llais. "Ocê." Edrychodd ar yr enw ar yr amlen gyntaf a'i pharu â'r llythyr oedd wedi'i gyfeirio at yr un person. Doedd o ddim yn anodd, achos roedd yr amlenni a'r llythyrau eisoes wedi'u gosod mewn trefn. "Iawn?" gofynnodd gan ddangos i Gloria bod yr enwau'n cyfateb. Nodiodd Gloria, ond roedd hi'n edrych fel petai wedi diflasu'n llwyr. Plygodd Elin y llythyr yn ei hanner, ac roedd hi ar fin ei blygu eto pan wichiodd Gloria. Bu bron i Elin ollwng y llythyr.

"Dim fel'na!"

"Be ti'n feddwl?"

Cipiodd Gloria'r llythyr oddi ar Elin gan hisian dan ei gwynt. "Dwyt ti ddim yn ei blygu rhywsut rhywsut. Papur A4 ydi o. Rhaid plygu'r llythyr yn dri fel hyn. Deall? Dydyn nhw'n dysgu dim i chi yn yr ysgol 'na?"

Plygodd Gloria'r dudalen yn dair yn ddeheuig a'i gwthio i mewn i amlen. Roedd hi'n ffitio'n berffaith. Gludiodd yr amlen a thapio'i hewinedd tywyll arni, yna edrychodd ar Elin ac ochneidio eto, yn afresymol o uchel y tro hwn. Cymerodd gwpwl o ddalennau o bapur plaen a'u hychwanegu at y pentwr o lythyrau ac amlenni. "Dos i ymarfer" meddai. "Yna, pan wyt ti wedi meistroli'r grefft, tyrd yn ôl a dangos i mi, cyn i ti ddifetha rhagor o lythyrau. Iawn?"

Cydiodd Elin yn y pentwr gan deimlo'n fach iawn. "Lle dyliwn i fynd?" gofynnodd yn ofalus.

Pwyntiodd Gloria at ddesg y dderbynfa lle roedd Carwen yn eistedd. "Cymer y gadair sbâr 'na a dos i fan'cw," meddai. "Mae digon o le i ddwy wrth y ddesg."

Roedd Carwen yn dal yr un mor gyfeillgar ag roedd hi'n gynharach. "Paid â phoeni am Gloria," meddai. "Mae hi wedi bod yn amhosib ei thrin byth ers iddi gael ei dyrchafu'n Gynorthwy-ydd Personol i Seren. Ond dydi hi ddim tamed gwell na ti a fi." Llygadodd Carwen y pentwr o bapurau a gwenu. "Anghofia am y papur plaen," cynghorodd. "Rhaid i ti blygu'r papur plaen yn dri drwy ddefnyddio dy lygaid yn unig, ond mae llythyrau'n llawer haws i'w plygu. Edrych. Amcangyfrifa pa linell o'r ysgrifen sydd draean o'r ffordd i fyny a pha un sydd ddwy ran o dair o'r ffordd, a phlyga yn y fan honno. Gei di o'n iawn bob tro."

"Diolch," meddai Elin. "Ond mi ddywedodd Glo . . . hi fod yn rhaid i mi ddangos darn o bapur plaen wedi'i blygu iddi cyn i mi ddechrau ar y llythyrau . . ."

Rowliodd Carwen ei llygaid. "Hwda." Plygodd ddarn o bapur plaen heb brin edrych arno a'i basio i Elin. "Dos â fo draw iddi mewn ychydig funudau."

Edrychodd Elin ar y papur plygedig yn llawn edmygedd. "Gwych!" meddai. "Diolch yn fawr i ti. Alla i fwrw mlaen efo'r llythyrau'n syth bìn rŵan." Gwenodd ar Carwen gan obeithio ei bod hi wedi gwneud o leiaf un ffrind yn y swyddfa. "Os byddi di angen unrhyw beth, cofia ofyn," meddai Carwen yn glên.

*   *   *

Ond er bod Carwen yn gyfeillgar, erbyn i Elin orffen y llythyrau a chael sêl bendith Gloria, ac erbyn iddi aros am oesoedd i Glyn ddod o hyd i liniadur sbâr iddi gael gweithio arno, roedd Elin yn dechrau amau a oedd hi'r math o berson ddylai weithio ar gylchgrawn fel *Calon*. Doedd hi ddim wedi dod yn agos at unrhyw waith newyddiadurol hyd yma. Roedd Seren ac Eleanor wedi cau eu hunain yn swyddfa Seren, ac er ei bod hi wedi cario coffi iddyn nhw ddwywaith, doedden nhw ddim hyd yn oed wedi'i chydnabod. Roedd Gloria wedi cael gwŷs gan Eleanor, ac yn sgil hynny bu'n gwneud nifer o alwadau ffôn, a golwg flin ar ei hwyneb. Doedd gan Elin ddim syniad beth oedd yn digwydd, a doedd neb fel petaen nhw awydd egluro wrthi chwaith.

"Paid â phoeni," meddai Carwen yn amwys. "Mae hi wastad fel ffair yma."

"Ond hoffen i ddysgu tipyn am sut mae pethau'n gweithio," meddai Elin.

Ochneidiodd Carwen. "Iawn." Troellodd ei chadair i wynebu Elin. "Wel. Y peth ydi, mae'r mwyafrif o bobl yn meddwl bod cylchgronau'n cael eu hysgrifennu un rhifyn ar y tro. Ond nid fel'na mae pethau'n gweithio. Yn ystod y dyddiau nesaf, bydd rhifyn y mis nesaf yn mynd at yr argraffwyr, felly mae Seren yn gwneud newidiadau munud olaf ac yn rhoi sglein arno. Ar yr un pryd, mae hi ac Eleanor yn cynllunio beth i'w gynnwys yn y rhifyn ar ôl hynny a hefyd," – tynnodd Carwen anadl ddofn – "mae pethau fel rhifyn mawr y Nadolig yn cael eu trefnu *fisoedd* maith ymlaen llaw fel fod popeth yn barod yr un pryd. Deall?"

"Iesgob!" gwenodd Elin. "Does dim rhyfedd ei bod hi fel ffair yma. Ond pam gwneud newidiadau pan mae'r cylchgrawn ar fin cael ei argraffu?"

"Achos mae'n rhaid i ni fod mor gyfoes â phosib. Weithiau mae pethau'n digwydd pan rydan ni ar fin argraffu – band yn chwalu, er enghraifft, neu fodel yn ymddangos ar y newyddion ar ôl baglu mewn sioe ffasiwn. Dydan ni ddim eisio aros am fis cyfan cyn sgwennu am bethau fel yna."

"Na," nodiodd Elin. "Alla i weld hynny. Felly, rhaid i rai erthyglau gael eu sgwennu ar y funud ola. Fyddi di'n sgwennu unrhyw un o'r rheini?"

Crychodd Carwen ei thalcen. "Dydw i ddim wedi sgwennu llawer o erthyglau cyfan ers i mi fod yma," cyfaddefodd. "Darnau byr dwi wedi'u gwneud hyd yma. Ond fy nhro i fydd o nesa. Mae Eleanor yn dweud mod i bron yn barod i roi cynnig ar rywbeth mwy sylweddol, a dwi'n gobeithio cyfweld rhywun enwog un diwrnod. Byddai hynny'n grêt!"

"Byddai!" cytunodd Elin, gan gynhesu fwyfwy at Carwen.

Doedd y dderbynfa ddim yn brysur ac roedd Elin yn siŵr y byddai hi wedi treulio amser yn ymarfer ei sgiliau ysgrifennu erthyglau petai hi yn esgidiau Carwen, ond efallai bod Carwen wedi gwneud hynny ganwaith yn barod. Yn lle hynny, treuliodd Carwen oesoedd yn ebostio'i chariad. Ceisiodd Elin osgoi darllen y cynnwys dros ei hysgwydd. Doedd dim sôn am y gliniadur chwaith, ac er y gwyddai Elin y dylai hi fod yn amyneddgar – gan mai hi oedd y person lleiaf pwysig yn yr adeilad – roedd hi bron â theimlo fel mynd adref. Roedd hi wedi meddwl y byddai'n cael ysgrifennu erthyglau a chwrdd â nifer o bobl enwog yn syth. Roedd y cylchgrawn wastad yn sôn am y selébs oedd yn picio i mewn i'r swyddfa. Ond alwodd affliw o neb heibio. Doedd dim ots gan Carwen nad oedd ganddi ddigon i'w wneud, ond roedd yn gas gan Elin laesu dwylo. Roedd hi wedi diflasu, a bu ond y dim iddi ddechrau clirio'r cwpwrdd esgidiau.

Daeth Gloria oddi ar y ffôn o'r diwedd, ei hwyneb fel taran, a chofio am Elin. "Dwyt ti ddim wedi postio'r llythyrau 'na eto?" cyfarthodd.

"Ddywedaist ti ddim – " ond wnaeth Gloria ddim rhoi cyfle iddi egluro. Cododd y ffôn unwaith eto a deialu.

Gwenodd Carwen wrth estyn y llythyrau i Elin.

"Lle mae'r blwch postio agosaf?" sibrydodd Elin gan deimlo'n ddig wrth Carwen am beidio â dweud wrthi. "A beth am stampiau?"

Chwarddodd Carwen. "Does dim rhaid i ti adael yr adeilad," dywedodd fel petai'n disgwyl i Elin wybod hynny. "Dos â nhw i'r stafell bost. Lawr y grisiau, yn y seler."

"Gofala fod Swyn yn eu gyrru nhw efo post dosbarth cyntaf," gwaeddodd Gloria o ben arall y swyddfa a'r ffôn yn ei llaw. "Dim lol."

Cydiodd Elin yn y llythyrau a brysio allan.

Doedd yr ystafell bost ddim yn lle deniadol o gwbl. Roedd y paent lliw hufen ar y waliau sgleiniog wedi treulio ac yn sgriffiadau i gyd, a phren noeth oedd y llawr. Roedd o'n wahanol iawn i swyddfeydd moethus *Calon* i fyny'r grisiau. Safai troli ger y drws a phentwr o bost arni. Roedd cownter hir, uchel yn rhannu'r ystafell oddi wrth y coridor, ac eisteddai merch hapus yr olwg y tu ôl iddo, yn gwisgo siwmper blaen a jîns.

"Haia! Swyn ydw i," meddai. "Elin, ia?"

"Haia!" meddai Elin. Doedd hi ddim wedi disgwyl cael gwên fawr gan y ferch, a theimlai braidd yn amheus ohoni, er bod dillad a steil gwallt y ferch yn fwy cyffredin na rhai'r merched eraill. "Ofynnodd Gloria i mi ddweud wrthat ti bod angen i'r llythyrau fynd dosbarth cyntaf."

"Dim lol," ychwanegodd Swyn gan chwerthin.

"Dyna'n union ddywedodd hi hefyd," meddai Elin yn syn.

"Pan fydda i'n rhannu'r post yn y swyddfa, mi fydd hi'n aml yn gofyn i mi bostio rhywbeth, ac mae hi wastad yn dweud yr un peth. Hei, ti'n edrych mor ddiflas ag y bydden i taswn i'n gorfod gweithio yn fan'na! Ti awydd coffi a bisgedan?"

"Wel . . ." meddai Elin. "Dwi'n meddwl eu bod nhw'n disgwyl i mi fynd yn syth yn ôl i fyny. Rhaid i mi weld os ydi Glyn wedi dod o hyd i liniadur i mi hefyd."

Doedd Swyn ddim wedi'i hargyhoeddi. "Wyt ti'n dweud wrtha i eu bod nhw wir eisio i ti fod yn rhan o'u hen giang nhw?"

Er mawr syndod iddi hi ei hun, dechreuodd Elin hanner crio a hanner chwerthin. Rhoddodd y llythyrau o'r neilltu, rhoi ei breichiau ar y cownter a chladdu'i phen ynddynt i geisio cuddio'i dagrau. Brwydrodd i reoli'i theimladau.

Estynnodd Swyn baced o fisgedi o'i drôr a'i wthio i'w chyfeiriad. "Tyrd draw i eistedd fan hyn. Mi ro i'r tegell ymlaen. Does gen ti ddim gobaith cael gliniadur heddiw. Mae gan yr Adran Hysbysebu broblemau cyfrifiadurol erchyll. Mae Glyn i fyny at ei glustiau."

Mewn chwinciad, roedd y ddwy'n wynebu ei gilydd o boptu'r bwrdd pren plaen, mygiau o goffi'n eu dwylo, a'u cegau'n llawn o fisgedi siocled.

"Dwi'n meddwl mai Glyn ydi'r person neisiaf yn y swyddfa," meddai Elin wrth Swyn, dan grensian ei bisged. "Mi ddywedodd o wrtha i am ddod i dy weld di taswn i'n cael llond bol."

"Do?" Edrychai Swyn yn falch. "Dw

inna'n meddwl ei fod o'n grêt hefyd. Ond does ryfedd! Fo ydi nghariad i."

"Ia?" Teimlai Elin braidd yn annifyr. Gobeithio na fyddai Swyn yn meddwl ei bod hi'n trio dwyn Glyn oddi arni! Yna cochodd.Wrth gwrs na fyddai hi. Roedd Glyn yn llawer rhy hen i rywun fel Elin. Ond doedd dim dwywaith nad oedd o'n hyfryd!

"Sut oeddet ti'n gwybod pwy o'n i?" holodd Elin. "Ddywedais i ddim. Baswn i wedi medru bod yn rhywun o un o'r swyddfeydd eraill."

Chwarddodd Swyn. "Tecstiodd Glyn fi," meddai. "Mae'n gas ganddo fo weld neb yn cael eu bwlio, felly mi ddywedodd wrtha i am gadw golwg am y ferch profiad gwaith oedd yn yr Adran Olygyddol!" Yna difrifolodd. "Pam wyt ti'n gwneud bywyd yn anodd i ti dy hun?" gofynnodd. "Pam nad ei di i gael profiad gwaith yn rhywle lle cei di hwyl a chael dy werthfawrogi?"

Tynnodd Elin anadl ddofn a dweud wrth

Swyn am ei thad, ei mam ac Yncl Meurig. "Dydw i ddim eisio newid fy meddwl rŵan fod Mam wedi cytuno," eglurodd. "A dwi'n gobeithio y *gwnaiff* Yncl Meurig bicio i mewn i ngweld i ryw ddiwrnod. Mi faswn i'n hoffi dod i'w nabod o. Beth bynnag, y cwbwl dwi eisio'i wneud ydi sgwennu i gylchgrawn, ac mae *Calon* yn lle da i ddechrau."

"Os felly, y peth cyntaf sy'n rhaid i ti ei ddysgu ydi beth yn union rwyt ti'n ei wynebu," eglurodd Swyn. "Mi fedra i dy roi di ar ben ffordd ynglŷn â'r staff. Dwi'n gweld a chlywed llawer wrth rannu'r post – fel mae Glyn. Ac mae'r staff yn llawer haws i'w trin ar ôl i ti gael eu hyd a'u lled nhw."

"Gwych!" meddai Elin, gan ddechrau teimlo'n well.

"Reit, gwranda rŵan. Y pen-bandit ydi Seren. Ella ei bod hi'n edrych yn ddiniwed, ond mae hi'n hollol ddidrugaredd, ac yn hynod o glyfar, ac mi gerddith drostat ti os ydi hynny o fudd iddi hi. Ei hunig fan gwan ydi Caswallon."

"Ei gŵr hi?" holodd Elin.

Plygodd Swyn ymlaen a phwnio Elin yn chwareus ar draws y bwrdd. "Naci wir, ei chi hi! Yr hen beth bach blewog 'na mae hi'n ei gario i bob man efo hi. Byddai gŵr yn dod rhyngddi hi a'i gyrfa siŵr iawn!"

"O!" Dechreuodd Elin chwerthin. "Ro'n i'n meddwl mai bag llaw oedd o pan welais i o i ddechrau."

Ffrwydrodd Swyn, ac roedd ei chwerthin yn heintus. "Wnes i erioed feddwl amdano fo fel'na o'r blaen," gwenodd. "Mae o fel . . . Prada efo pawennau!"

"Neu gyfarthwr o Gucci," cynigiodd Elin.

Ar ôl iddyn nhw stopio chwerthin, aeth Swyn yn ei blaen. "Eleanor ydi'r unig un sy'n briod. Mae pawb arall yn dal i browla am ŵr, ond dwi'n meddwl eu bod nhw'n codi ofn ar y rhan fwyaf o ddynion maen nhw'n cwrdd â nhw. Eleanor ydi'r person hyfrytaf yma – o bell ffordd."

"O ddifri?" synnodd Elin glywed hynny. "Mae hi'n hardd ofnadwy, ond mi roddodd hi lond twll o ofn i mi. Sylwais i ddim ar Seren i gychwyn – gan mod i'n methu tynnu fy llygaid oddi ar Eleanor – a doedd hynny ddim yn plesio'r Prif Olygydd."

"Nagoedd mwn," meddai Swyn yn llawn cydymdeimlad, "ond dwi'n meddwl bod Eleanor yn berson teg iawn. Safonau uchel sy ganddi hi, dyna i gyd. Wnei di mo'i phechu hi, heblaw dy fod ti'n gwneud llanast o'r cylchgrawn – a chei di ddim y cyfle i wneud hynny yn ystod pythefnos o brofiad gwaith. Ond mi ddyweda i rhywbeth wrthat ti . . ."

"Be?"

"Wel – " gwnaeth Swyn ei hun yn fwy cyffyrddus – "Glyn ddywedodd wrtha i, ac mae o'n clywed clecs y swyddfa i gyd. Mae o'n credu bod Seren yn gweld Eleanor fel tipyn o fygythiad."

"Wir?" gofynnodd Elin.

"Wir. Cyn i Seren gael ei phenodi, roedd

Eleanor yn rhedeg y cylchgrawn fel wats, a dim ond aros i Seren wneud camgymeriad mae hi. Mi gerddith hi i mewn i'w swydd hi wedyn."

"Waw," meddai Elin. Yna oedodd. "Ond os oedd hi cystal â hynny, pam na chafodd hi'r swydd yn y lle cynta?"

Gwenodd Swyn. "Dyna ydi'r drwg efo clecs swyddfa. Dydyn nhw ddim bob amser yn gwneud synnwyr. Mae Glyn yn meddwl bod Seren wedi'i phenodi oherwydd ei bod wedi gweithio i gylchgrawn uchel-ael ar ôl graddio. Gweithio'i hun i fyny'r ffordd galed mae Eleanor wedi'i wneud. Mi ddaeth hi yma'n syth o'r ysgol, dechrau ar y gwaelod, a wel . . . mae staff mewnol yn aml yn cael eu hanwybyddu. Ond dychmyga pa mor dda fyddai ei chael hi'n ben-bandit rhyw ddiwrnod. Hei!" meddai Swyn gan brocio Elin yn ysgafn.

"Be?"

"Sgwn i ydi dy yncl di'n un o'r bobl sy'n

penodi golygyddion? Dwi'n siŵr ei fod o." Gwenodd ar Elin. "Ac os felly, does dim rhaid i ti boeni am wneud gelyn o Seren. Mi fydd hi'n ymddwyn yn arbennig o dda efo chdi drwy'r adeg."

Ysgydwodd Elin ei phen. "Dwi'n amau hynny. Os ydi hi'n meddwl bod gen i unrhyw ddylanwad ar fy yncl, mae hi'n gwneud camgymeriad mawr. Beth bynnag, dwi wedi cael hanes Seren ac Eleanor gen ti. Rho dipyn o hanes Gloria i mi rŵan."

"A," gwenodd Swyn. "Yr hyfryd Glôôriaah. Wyddost ti mai ei henw llawn hi ydi Gloria Arianrhod Buddug-Beynon, ond ei bod hi wedi gollwng yr Arianrhod am ei fod o'n rhy Fabinogaidd? Mae hi'n meddwl bod Gloria'n enw mwy chwaethus. Ond dim ond Carwen sy'n ei ynganu o 'run fath â hi, ac a bod yn onest dwi'n meddwl bod hyd yn oed Carwen yn tynnu'i choes hi."

"Dwi'n ei chael yn anodd peidio chwerthin am ben ei henw hi," cyfaddefodd Elin.

"Mae hi'n hoffi ymddwyn fel hen snoben" meddai Swyn. "Ond y cwbl mae hi'n ei wneud mewn gwirionedd ydi cadw dyddiadur Seren, nôl coffi iddi pan nad ydi hi'n medru perswadio Carwen i wneud hynny, a'i chadw hi'n hapus yn gyffredinol. Rhwng sgwennu erthyglau, wrth gwrs, fel y gweddill ohonyn nhw. Mae'r rhan fwyaf o'r sgwennu'n cael ei wneud yn y swyddfa olygyddol."

"Dim ond Carwen sydd ar ôl rŵan," meddai Elin. "Dwi'n dod ymlaen yn dda efo hi. Mae hi'n ferch hyfryd."

"Dwi'n falch," meddai Swyn. "Ond fetia i ei bod hi'n dy hoffi di achos fod 'na rywun sy'n llai pwysig na'r derbynnydd yn y swyddfa – o'r diwedd."

"Dim ond derbynnydd ydi hi felly?" holodd Elin. "Ro'n i'n meddwl bod y swydd honno'n cael ei rhannu."

"Does gen i ddim syniad be ydi'i swydd ddisgrifiad hi," meddai Swyn, "ond hi sydd wrth y dderbynfa gan amlaf. Mi ddywedodd hi wrth Glyn mai hi ydi Cynorthwy-ydd Personol Eleanor, ond wn i ddim sut mae hi'n 'cynorthwyo' chwaith. Dwi'n meddwl mai hi ydi morwyn fach y swyddfa . . . ond rŵan mi gei di'r fraint o lenwi'i hesgidiau hi. Ond gan nad wyt ti yma'n barhaol, fydd hi ddim yn gallu dy fosio di o gwmpas y lle am fwy na phythefnos. Carwen druan!"

"Roedd 'na ddyn yn swyddfa Seren," cofiodd Elin. "Dwi'n meddwl bod Glyn wedi dweud mai Jo oedd ei enw fo."

"O, ia," gwenodd Swyn. "Jo Ebenezer. Mae o'n foi iawn. Ffotograffydd llawrydd ydi o. Maen nhw'n ei ddefnyddio fo'n aml, ac mae o'n hollol ddi-lol. Paid â disgwyl iddo fo fod yn ffrind gorau i ti, ond fydd o ddim yn gas tuag atat ti chwaith. Mae o'n meddwl y byd o'i deulu. Does ganddo fo ddim diddordeb mewn rhoi cyllell yng nghefn neb. A dyna ti wedi cael hanes pawb yn y swyddfa rŵan," gorffennodd Swyn gan edrych yn falch ohoni'i hun. "Mi ddoi di i gysylltiad efo staff y swyddfeydd eraill os byddi di yma'n ddigon hir, ond dwi'n meddwl dy fod ti wedi cael digon o bobl newydd i ymdopi efo nhw am un diwrnod."

"Heblaw amdanat ti," meddai Elin. "Pam wyt ti'n gweithio yma os ydi'r mwyafrif o'r bobl yn gas?"

"Wel . . . ," meddai Swyn, ac aeth ias drwyddi. "Faswn i ddim yn gweithio yn swyddfa Seren am bris y byd." Tynnodd stumiau. "Nac yn yr un o'r adrannau eraill, a bod yn onest. Ond mae hi'n grêt i lawr yn fan hyn. Does 'na neb yn busnesu, ac mae hi bron fel petai gen i ddim bòs. Mae o'n gyfleus hefyd. Mae Glyn a minnau'n medru dod i'r gwaith efo'n gilydd yn ei gar o. A dwi ddim yn cael fy llusgo i mewn i ddadleuon swyddfa. A beth bynnag, dim ond gweithio 'ma dros dro ydw i yn y gobaith o lwyddo fel crochenydd."

"Rwyt ti'n grochenydd?"

Nodiodd Swyn. "Dyna fues i'n ei astudio yn y coleg celf, ond mae'n anodd gwneud bywoliaeth efo crochenwaith cain. Mae'r rhan fwyaf o bobl yn gorfod gwneud pethau fel mygiau a phowlenni bob-dydd, ond dwi eisio cael fy nghymryd o ddifri fel artist. Mi hoffwn i gynhyrchu celf y bydd pobl yn ei gasglu am eu bod nhw'n meddwl ei fod o'n hardd." Pwyntiodd at gawg tal gosgeiddig ar y silff y tu ôl iddi. "Fi wnaeth hwnna. Dwi'n ei gadw fo yma rhag ofn daw rhywun i mewn allai fy helpu efo fy ngyrfa. Does 'na neb wedi dod hyd yma, ond wyddost ti ddim!"

"Waw!" Syllodd Elin ar y cawg gwyrdd tywyll hardd. Roedd y lliw'n ei hatgoffa o bwll o ddŵr oer, llawn cysgodion. "Mae o'n hyfryd."

"Diolch," roedd Swyn wedi'i phlesio. "Felly mae'r ddwy ohonon ni'n uchelgeisiol iawn. Rwyt ti eisio sgwennu erthyglau byd-enwog, a minnau eisio creu crochenwaith byd-enwog. Dydan ni ddim yn gofyn llawer, nac ydan?"

Gwenodd y ddwy ar ei gilydd. Roedden nhw'n uchelgeisiol *iawn*, ond roedd Elin wedi cymryd ei chamau bregus cyntaf tuag at fod yn newyddiadurwraig. Diolch i Yncl Meurig roedd hi yma yn swyddfeydd *Calon*. Rŵan roedd hi'n benderfynol o brofi bod ganddi'r gallu i fod yn awdures fyddai'n werth y byd i gylchgrawn *Calon*.

Cyfle anhygoel

Er bod diwrnod cyntaf Elin yn un anodd, rhoddodd cyfeillgarwch Swyn hyder iddi a chyrhaeddodd y gwaith y bore canlynol yn benderfynol o fwynhau ei phrofiad gwaith. I ddechrau daeth â phâr arall o esgidiau – gyda sodlau callach – ar gyfer y swyddfa. Wrth eu gwisgo, teimlai fod heddiw eisoes yn well na ddoe. Efallai na châi hi groeso mawr yn y swyddfa, ond roedd yn dechrau cyfarwyddo â'r lle ac yn gwybod pwy oedd pwy erbyn hyn.

Cafodd newyddion da pan gyrhaeddodd hi – roedd Glyn wedi dod o hyd i liniadur iddi.

"Ga i ei osod o ym mhen pellaf y dderbynfa?" gofynnodd Glyn wrth Carwen.

Cytunodd Carwen. "Gad i mi wneud lle i ti."

Symudodd y planhigyn blodeuog anferth mewn powlen wen oddi ar ddesg y dderbynfa a'i osod ar fwrdd isel. Yna agorodd un o ddroriau'r ddesg a chydio mewn cymysgedd o feiros, clipiau papur a phâr o deits sbâr. "Dyma ti. Mi gei di'r drôr 'ma ar gyfer dy bethau di, Elin. Gofala gadw'r ddesg yn daclus, neu mi eith Seren yn gandryll." Edrychodd Carwen ar y gliniadur. "Biti ei fod o fel rhywbeth allan o'r Arch," meddai wrth Glyn. "Allet ti ddim dod o hyd i liniadur ychydig bach mwy smart? Wedi'r cwbl, hon ydi desg y dderbynfa."

Gwenodd Glyn. "Dydi o ddim yn hen iawn. A ph'run bynnag, dwi'n siŵr y bydd unrhyw ymwelydd yn rhy brysur yn edrych ar dy wên groesawgar di i sylwi ar gyfrifiadur Elin." Trodd at Elin. "Rŵan Elin, mi fydd arnat ti angen cyfrinair i fynd i mewn i'r system. Teipia fo i mewn yn fan'na, ond paid â gadael i mi na neb arall wybod be ydi o, iawn?"

"Grêt. Diolch!"

Ar ôl i Glyn adael, setlodd Elin yn ei chwtsh bach a bron nad oedd hi'n teimlo fel newyddiadurwraig go iawn. Cadwodd ei bag o'r golwg a rhoi ei beiro yn y drôr. Swniai'r feiro'n unig yn ratlo o gwmpas yn y drôr, felly tynnodd Elin hi allan a'i gosod wrth ymyl y gliniadur. Gwenodd ar Carwen, ond sylwodd honno ddim gan ei bod hi'n rhy brysur yn gweithio ar rywbeth ar ei sgrin.

Roedd modd addasu uchder ei sedd, felly treuliodd Elin ychydig funudau yn gweld beth fyddai'n ei siwtio hi orau. Edrychai ymlaen at gael ysgrifennu rhywbeth hefyd, ond roedd pawb fel petaen nhw'n rhy brysur i roi dim iddi i'w wneud.

Doedd Elin ddim yn hoffi gwastraffu amser, felly penderfynodd ysgrifennu adroddiad i'r ysgol am y profiad o weithio yn swyddfa *Calon*, ond cyn iddi ddechrau daeth Gloria i'r dderbynfa.

"Coffi i Seren," meddai, a brasgamu oddi yno ar ei sodlau uchel heb aros am ateb.

Edrychodd Carwen ar ei horiawr. "Iawn. Dyma sydd eisio i ti ei wneud," eglurodd wrth Elin. "Mae Seren yn hoffi cael ei phaned gyntaf o goffi ymhen rhyw hanner awr, felly bydd raid i ti fynd i'w nôl mewn eiliad, achos weithiau mae 'na giw."

Edrychodd Elin ar y peiriant coffi yn y cyntedd. "Ciw?"

Gwelodd Carwen hi'n edrych ar y peiriant a chwarddodd. "O na! Yn siop Coffi Poeth ar y stryd fawr fyddwn ni'n ei brynu." Aeth ias drwyddi. "Fyddwn ni *byth* yn cael coffi o'r peiriant. A dweud y gwir . . ." gwenodd fel giât ar Elin. "Tra wyt ti yno, pryna goffi i mi hefyd."

Gan fod Seren eisiau dos o gaffîn yn aml – a Carwen yn mynnu mai Elin ddylai fynd i'w nôl yn hytrach na hi – buan iawn y daeth Elin i wybod lle roedd y siop goffi. Roedd hi'n falch o fod yn brysur, hyd yn oed os mai dyma'r unig brofiad gwaith fyddai hi'n ei gael!

Erbyn hanner dydd, roedd Elin wedi nôl coffi i bawb a chael yr archeb yn gywir. Roedd hi wedi helpu Swyn i ddadbacio bocs enfawr o fagiau llaw a'u cario i'r swyddfa er mwyn i Seren edrych arnynt. Ar ôl hynny, soniodd wrth Carwen fod y peiriant dŵr yfed yn wag.

"Dweda wrth Gloria," meddai Carwen, oedd yn brysur yn teipio rhywbeth i mewn i'w chyfrifiadur.

Bu'n rhaid i Elin sefyll o flaen desg Gloria fel merch ysgol ddrwg nes ei bod wedi gorffen yr hyn roedd hi'n ei wneud. Yna gwrandawodd arni'n ddiamynedd. "Mae'r cwmni dŵr yn anobeithiol," meddai gan syllu ar Elin fel pe bai hi ar fai. "Dydi archebion byth yn cyrraedd ar amser. Bydd raid i ni ffeindio cyflenwr gwahanol." Aeth Gloria at ddesg Eleanor, a gwelodd Elin fod Swyn yn dod draw gyda llond ei hafflau o bost.

Byddai Elin wedi hoffi sgwrs, ond roedd Swyn ar frys. Rhoddodd y post i Carwen a gwenu'n gyflym ar Elin. "Wela i di wedyn," meddai wrth adael a chydio yn y troli bost orlawn.

Roedd ymddygiad ffroenuchel Gloria yn mynd dan groen Elin, ond ceisiodd ei hanwybyddu a chanolbwyntio ar ei rhan fach hi o'r ddesg. Roedd Carwen newydd ollwng y pentwr post o flaen gliniadur Elin.

"Be wyt ti eisio i mi wneud gyda rhain?" holodd Elin.

Cododd Carwen ei hysgwyddau. "Eu hagor nhw."

Eisteddodd Elin a dechrau didoli'r amlenni. Roedd rhai ohonyn nhw'n eithaf diddorol, yn cynnwys pecyn gan gwmni recordiau oedd yn ceisio hyrwyddo band newydd o'r enw Saeth. Edrychodd Elin yn ofalus ar y llun sgleiniog o'r pedwar bachgen a'r un ferch oedd yn y band. Cuchiai'r ferch o dan ei gwallt cwta wrth afael mewn gitâr fas. Edrychai tri o'r bechgyn yr un mor biwis a difrifol â'r ferch, ond allai'r pedwerydd – bachgen penfelyn golygus oedd yn cydio mewn ffidil drydan – ddim cuddio cysgod o wên gyffrous. Gwenodd Elin. Edrychai'r bachgen fel petai o'n falch ohono'i hun am wneud mor dda. Gwyddai Elin sut roedd o'n teimlo.

Rhoddodd Elin yr amlen yn y fasged sbwriel, a chreu pentwr taclus o'r llun, y cryno ddisg, y daflen hysbysebu a llythyr y band. Fyddai *Calon* yn rhoi unrhyw sylw iddyn nhw, tybed? Efallai y gallai hi ofyn a gâi hi'r cryno-ddisg os na fyddai neb arall ei eisiau. Petai hi'n ei hoffi, gallai hyrwyddo'r band yn yr ysgol.

Pan oedd desg Elin yn daclus eto, galwodd Eleanor arni.

"Dos i swyddfa Seren a mynd a dy lyfr

nodiadau efo ti," meddai. "Mae Seren yn mynd allan, a dwi eisio trafod rhywbeth hefo ti. Gawn ni lonydd yn y swyddfa."

"Ond does gen i ddim llyfr nodiadau."

Chlywodd Eleanor mohoni neu efallai nad oedd ganddi ddiddordeb. "Brysia." meddai.

Cydiodd Elin yn ei bag a'i dilyn. Gwyddai fod ganddi feiro yn ei bag a . . . beth am hen lyfr nodiadau ei thad, yr un roddodd ei mam iddi? Roedd Elin wedi'i dynnu o'i bag a'i fyseddu gwpwl o weithiau pan roedd hi adref, ond doedd hi ddim yn siŵr beth i'w wneud efo fo. Roedd band lastig yn dal y llyfr nodiadau henffasiwn at ei gilydd ond, am ryw reswm, doedd Elin ddim wedi bod yn awyddus i'w agor. Dywedodd Mam wrthi nad oedd o wedi cael ei ddefnyddio ond, er hynny, doedd Elin ddim yn siŵr a oedd hi eisiau ysgrifennu ynddo. Tra oedd y llyfr ynghau, roedd o'n fath o gyfrinach. Ar ôl ei agor, ofnai Elin y byddai fel unrhyw lyfr nodiadau henffasiwn arall, a'i dudalennau wedi melynu. Yn y diwedd, fe'i cadwodd yn ei bag fel rhywbeth fyddai'n dod a lwc dda iddi yn hytrach na dim byd arall.

Prysurodd Elin i ddal i fyny efo Eleanor. Doedd hi ddim yn meddwl ei bod hi wedi gwneud dim o'i le, ond bob tro roedd unrhyw un o'r staff yn siarad â hi, teimlai fel petai ar fin cael pryd o dafod. Sleifiodd tuag at y drws, ac er mawr ryddhad iddi, daeth Seren allan o'r swyddfa tra oedd hi ar fin mynd i mewn.

"Peidiwch â gwneud llanast yn fy swyddfa i," meddai'n drahaus. "Dwi'n gwybod sut rai ydach chi, y genod ifanc."

Brathodd Elin ei thafod. Wyddai Seren ddim sut un oedd *hi*. Aeth Elin i mewn i'r swyddfa a gweld Eleanor yn eistedd yn osgeiddig ar gongl desg enfawr Seren.

"Eistedda."

Eisteddodd Elin ar un o'r cadeiriau meddal glas a gadwai Seren ar gyfer gwesteion, yn hytrach nag ar y soffa ledr wen hir.

Chwiliodd am rywbeth yn ei bag.

"Barod?"

"Ydw . . . Dwi . . . dwi'n edrych am fy llyfr nodiadau." Tynnodd Elin y llyfr bach du blêr o'i bag a'i osod ar ei phen-glin.

"Da iawn." Gwenodd Eleanor.

"Dad oedd piau hwn," eglurodd Elin, rhag ofn i Eleanor feddwl mai hi ddewisodd y llyfr.

"Wir?" Edrychodd Eleanor arni'n llawn ddiddordeb. "Daniel Cadwaladr oedd dy dad, yntê?"

"Ia." Synnodd Elin fod Eleanor wedi clywed amdano.

"Dwi wedi darllen peth o'i waith," meddai Eleanor yn frwdfrydig. "Roedd o'n newyddiadurwr arbennig. Braf arnat ti'n cael un o'i lyfrau nodiadau o. Ga i ei weld?"

Rhoddodd Elin y llyfr nodiadau i Eleanor. Astudiodd Eleanor o heb dynnu'r band lastig. Gwenodd yn gefnogol ar Elin wrth ei roi'n ôl iddi. "Ella y daw o â lwc dda i ti."

"Gobeithio," meddai Elin.

Bu tawelwch am eiliad, yna cliriodd Eleanor ei gwddf. "Gan dy fod ti wedi setlo i mewn erbyn hyn, roedd Seren yn meddwl tybed hoffet ti sgwennu erthygl i ni?"

Lledodd llygaid Elin yn gynhyrfus. "Ia plîs!"

Cododd Eleanor ei llaw i'w rhybuddio. "Rŵan, paid â chynhyrfu gormod. Byddai'n rhaid i'r erthygl fod o safon uchel iawn cyn i ni ei chyhoeddi. Ond rwyt ti'r un oed a'n darllenwyr ni, ac mi fyddai'n sbort gweld be fedri di ei wneud. Os ydi dy waith di'n dangos addewid, gall un ohonon ni roi sglein ar yr erthygl ar ôl i ti ei sgwennu hi."

Corddai Elin yn dawel fach wrth feddwl am rywun arall yn rhoi sglein ar ei gwaith hi, ond ceisiodd guddio hynny. "Felly beth hoffech chi i mi sgwennu?" gofynnodd yn gyffrous.

"Wel," meddai Eleanor gan blethu'i breichiau. "Mae gynnon ni gyfweliad wedi'i drefnu efo Fflur a Ffion Lewis. Rwyt ti tua'r un oed â nhw pan recordion nhw eu sengl lwyddiannus gyntaf. Felly beth am i ti eu cyfweld nhw, a rhoi cynnig ar sgwennu portread ohonyn nhw?"

Syllodd Elin ar Eleanor gan feddwl am eiliad ei bod hi wedi camddeall. "Cyfweld Fflur a Ffion Lewis? Waw! Ffantastig!"

Roedd pen Elin yn troi. Roedd hi wedi gobeithio ysgrifennu am rywbeth . . . persawr, efallai, neu fagiau llaw. Byddai ysgrifennu erthygl ddifrifol am loches anifeiliaid neu gynhesu byd-eang wedi bod yn well fyth. Ond roedd cyfweld yr efeilliaid enwog ac yna ysgrifennu portread ohonyn nhw . . . Tybed oedd hi'n abl i wneud y naid o fod yn rhywun oedd yn cyfrannu at gylchgrawn yr ysgol i ysgrifennu rhywbeth o'r safon yma – heb wneud ffŵl ohoni'i hun? Ond er ei bod yn teimlo'n ansicr, gwyddai Elin na fyddai'n gwrthod y cynnig.

Roedd Eleanor yn dal i siarad. "Alli di

ddim sgwennu hyn i lawr heb agor dy lyfr nodiadau," meddai gan wenu unwaith eto. Ymbalfalodd Elin gyda'r bandyn lastig ac agor y clawr dan grynu. Wedi'i ysgrifennu mewn pensel, ar y dudalen flaen, roedd y geiriau *Galli di wneud hyn!*

Rhewodd Elin, ei beiro'n hofran yn ansicr uwch y dudalen. Teimlai fel petai ysbryd ei thad yn yr ystafell, yn ei hannog ymlaen. Ac eto, rhaid ei fod o wedi ysgrifennu'r geiriau cyn i Elin gael ei geni, cyn iddo fynd ar ei daith dyngedfennol olaf. Pam roedd o wedi ysgrifennu'r geiriau arbennig hyn, ac yntau'n newyddiadurwr profiadol a hyderus? Penderfynodd ofyn i'w mam yn nes ymlaen. Ond tan hynny, allai hi ddim eistedd yma'n breuddwydio. Anadlodd Elin yn ddwfn. Gallai, fe *allai* hi wneud y cyfweliad – neu o leiaf byddai'n gwneud ei gorau glas i lwyddo. Dechreuodd wrando'n astud ar Eleanor a sgriblo'n wyllt o dan eiriau ei thad.

Ymchwil

Hen ysgol, lluniau ffasiwn, erthyglau o bapurau, y we, gofyn i Gloria am help!!
Recordiad cyntaf, hoff gynllunwyr ffasiwn, edrych drwy ôl-rifynnau.
Ydan ni wedi'u cyfweld nhw o'r blaen?
Do?? Ddwy flynedd yn ôl, ym marn El.

"Y peth arall fydd raid i ti ei wneud ydi edrych drwy rai o'r ôl-rifynnau i weld pa fath o gwestiynau mae'n darllenwyr yn hoffi i ni ofyn," ychwanegodd Eleanor. "Gwna hynna i ddechrau. Mi fydd yn dy helpu efo'r ymchwil ar y Lewisiaid."

"Ym . . ."

"Ia?"

"Dwi eisoes yn gwybod pa fath o gwestiynau mae'r darllenwyr yn eu hoffi," meddai Elin yn falch, gan deimlo'n hyderus yn mwyaf sydyn. "Dwi'n darllen y cylchgrawn yn ddi-ffael bob mis."

Gwenodd Eleanor. "Gwna fo p'run bynnag," cynghorodd. "Paid â neidio i gasgliadau, neu mi fyddi di'n gwneud camgymeriadau. Ffwrdd â ti, 'ta!"

"Ond . . ."

Edrychodd Eleanor arni eto a chodi'i haeliau.

"Pryd mae'r cyfweliad?" gofynnodd Elin.

"O ia, cwestiwn da. Drennydd, yn fan hyn, am hanner awr wedi dau." Edrychodd ar Elin o'i chorun i'w sawdl. "Paid â gwisgo'n rhy henaidd chwaith. Rydan ni am i ti edrych dy oed yn y lluniau. Does dim pwynt i rywun yr un oed â'n darllenwyr ni wneud y cyfweliad os nad ydi hynny'n amlwg."

Baglodd Elin allan o'r swyddfa, ei phen yn llawn o syniadau. Mwyaf sydyn, roedd hi wedi mynd o fod yn forwyn fach i gyfweld sêr enwog y byd pop! Waw! Ar ben hynny, roedd hi'n cael bod yn y lluniau hefyd. Waw arall! Ond doedd dim amser i freuddwydio. Roedd yn rhaid iddi ddechrau ymchwilio'n syth bìn!

Beth i'w wisgo?

Gwyddai Elin fod Gloria'n ei llygadu hi'n amheus wrth iddi anelu 'nôl am ddesg y dderbynfa yn teimlo'n wirion o hapus. Ceisiodd Elin guddio'r ffaith ei bod hi wedi cyffroi'n lân, ond doedd o ddim yn hawdd. Yr eiliad y cyrhaeddodd hi ei sedd, eisteddodd ac agor ei gliniadur gan ei bod hi'n awyddus i ddechrau ar y gwaith ymchwil ar Fflur a Ffion Lewis.

"Beth oedd hi eisio, 'ta?" holodd Carwen.

Trodd Elin ati'n gynhyrfus. "Mae Seren am i mi gyfweld Fflur a Ffion Lewis a sgwennu portread ohonyn nhw. Tydi hynny'n

gyffrous? Dwi'n gobeithio y galla i ymdopi
. . ." Baglodd Elin dros ei geiriau wrth i
wyneb Carwen newid o ddangos rhywfaint o
ddiddordeb i ddryswch ac yna i wylltineb.
Cofiodd Elin fod Carwen wedi gobeithio am
gyfle i wneud mwy o waith ysgrifennu ei
hun. Doedd dim rhyfedd ei bod hi'n teimlo'n
flin.

"Ond . . . mae'n siŵr y gwna i lanast llwyr
o'r erthygl," meddai gan geisio lleihau'r
dolur difeddwl roedd hi wedi'i roi i Carwen.
"Dim ond am chwinciad fyddan nhw yma,
mae'n siŵr . . . ac mae'n debyg na fydd fy
erthygl i'n da i ddim . . . sori," gorffennodd
gan deimlo'n euog. "Wedi cael y cyfle am fy
mod i'n ifanc ydw i . . ." Roedd hi'n gwneud
pethau'n saith gwaeth.

Syllodd Carwen arni am hydoedd, cyn
troi'i chefn arni, ei gwefusau wedi'u pletio'n
dynn. Siaradodd hi ddim efo Elin am weddill
y dydd.

Gweithiodd Elin yn galed ar ei thasg dros y

bedair awr ar hugain nesa, yn ogystal â gwneud negeseuon dros weddill y staff. Mwyaf sydyn, roedd hi wedi mynd o laesu dwylo i weithio fel ffŵl. Bob tro y brasgamai Seren drwy'r swyddfa, gwnâi Elin ei hun mor anweledig â phosib i osgoi tynnu sylw ati'i hun. Pan sylwai Seren arni, tueddai i'w gyrru i brynu coffi, neu ofyn iddi fynd â Caswallon am dro. Gwnâi Elin y negeseuon heb gwyno, ond cyn gynted ag roedd ganddi funud sbâr, taflai'i hun i mewn i'r ymchwil ar Fflur a Ffion Lewis, yr efeilliad a'r cantorion oedd wedi dechrau modelu pan oedden nhw'n fabanod ac oedd wedi recordio'u sengl bop gyntaf pan oedden nhw'r un oed ag Elin. Gwneud y cyfweliad am eu bod nhw newydd adael yr ysgol yr oedden nhw. Bwriadai Ffion fynd i brifysgol, ac roedd Fflur yn gobeithio canu ar ei liwt ei hun. Allai Elin ddim *aros* i'w cyfarfod.

Er bod Carwen yn araf yn dod dros ei siom, roedd Elin wedi gwneud ffrind newydd.

Roedd Eleanor wedi digwydd clywed Gloria'n dweud wrth Elin am glirio'r cwpwrdd offer swyddfa ac wedi rhoi'i phig i mewn.

"Mi all hynna aros," meddai mewn llais caredig er bod Gloria ac Elin yn gwybod ei bod hi'n golygu bob gair. "Mae Elin yn gweithio."

Edrychodd Gloria'n gas ar Elin, ond ddywedodd hi 'run gair. Sylweddolai Elin fod y merched eraill yn ystyried y dasg yn un ffantastig, ac yn teimlo'n genfigennus ohoni, ond doedd dim taten o ots ganddi. Hwn oedd cyfle mawr Elin i brofi'i hun, a doedd hi ddim am adael i Gloria, Carwen na neb arall ei rhwystro.

Roedd digonedd o wybodaeth am Fflur a Ffion i'w gael ar y we. Trodd Elin oddi wrth sgrin y gliniadur i edrych ar ei nodiadau. Roedd ganddi gwestiwn roedd yn rhaid iddi ei ysgrifennu i lawr: oedd penderfyniad Ffion i astudio meddygaeth wedi bod yn un hawdd?

Byddai'n ddifyr gwybod pam ei bod yn awyddus i newid cyfeiriad mor ddramatig. Roedd byd o wahaniaeth rhwng bod yn berfformwraig enwog ac astudio meddygaeth.

Printiodd Elin restr o gwestiynau a ofynnid yn aml gan ohebwyr *Calon*, ond doedd dim rheswm pam na allai ofyn cwestiwn neu ddau o'i phen a'i phastwn ei hun. Wedi'r cwbl, allai rhywun ddim galw'i hun yn newyddiadurwraig os nad oedd yn barod i holi a stilio. Rhedodd ias fechan ddisgwylgar i lawr cefn Elin. Gobeithiai na fyddai cyfweliad mor bwysig yn ormod iddi. Beth petai pethau'n mynd yn draed moch?

Ar ôl cyrraedd adref o'r gwaith, byseddodd Elin ei llyfr nodiadau gan ddarllen y cwestiynau y bwriadai eu gofyn yn y cyfweliad y diwrnod wedyn. Pan welodd hi eiriau ei thad unwaith eto, cofiodd fod angen iddi siarad efo'i mam. Aeth i chwilio amdani.

Aeth Gaenor ac Elin i eistedd wrth fwrdd y gegin ac edrych ar y llyfr gyda'i gilydd. "Anhygoel," meddai Gaenor yn dawel wrth ddarllen y geiriau a ysgrifennwyd gan ei gŵr bedair blynedd ar ddeg ynghynt. "Doedd gen i ddim syniad. Ro'n i'n gwybod nad aeth o â'r llyfr efo fo ac mi gymerais yn ganiataol ei fod o'n hollol wag."

"Be dwi ddim yn ddeall ydi pam sgwennodd o *Galli di wneud hyn* –," meddai Elin. "Mae o'n golygu llawer i mi achos mod i ar drothwy fy ngyrfa ac angen bob cefnogaeth. Ond roedd Dad yn hynod brofiadol."

Daeth golwg bell i lygaid Gaenor. "Oedd, roedd o'n brofiadol," meddai. "Ond er na ddywedodd o air wrtha i erioed, ro'n i'n gwybod cymaint roedd o'n gorfod paratoi ei hun yn feddyliol i fynd ar y teithiau tramor. Doedd o ddim yn berson anghyfrifol oedd yn chwilio am berygl. Roedd o'n mynd i'r llefydd peryglus 'na achos ei fod o'n meddwl bod ganddo ddyletswydd i'r bobl fu farw yno. Roedd o'n awyddus i adrodd eu hanesion nhw." Cyffyrddodd Gaenor y geiriau'n ysgafn â'i bysedd. "Biti na faswn i'n gwybod am hyn cyn rŵan. Mi faswn i wedi bod yn fwy cefnogol y tro olaf aeth o i ffwrdd. Ro'n i'n feichiog efo ti ar y pryd, a do'n i ddim yn awyddus iddo fo fynd. Wnes i ddim gwneud pethau'n hawdd iddo fo."

Cnodd Elin ei gwefus. "Ella na ddylwn i fod wedi'i ddangos o i ti," meddai.

Ysgydwodd Gaenor ei phen. "Na, mi wnest ti'r peth iawn. Wir yr. Wnaeth o sgwennu unrhyw beth arall?"

Trodd Elin y tudalennau, a gweld bod ymadrodd ar frig y dudalen bob hyn a hyn. Curodd calon Elin yn gyflymach. Yr ail ymadrodd, bum tudalen yn ddiweddarach, oedd *Dibynna ar dy reddf*. Ddeg tudalen ar ôl hynny, roedd trydydd ymadrodd, *Rho wên ar wyneb rhywun bob dydd*. Dangosodd nhw i'w mam.

"Roedd o'n arfer dweud hynna wrtha i drwy'r amser," meddai Gaenor. "Doedden ni ddim yn llwyddo bob amser chwaith!"

Llifon ton o emosiwn dros Elin. Wnaeth hi erioed gyfarfod ei thad, ond eto roedd o'n siarad efo hi, yn defnyddio ymadroddion oedd yn amlwg yn bwysig iddo.

"Dwi ddim yn teimlo fel darllen rhagor rŵan," cyfaddefodd wrth ei mam. "Caria di mlaen os leci di, ond os oes 'na ragor, dwi am eu cadw nhw at eto. Rhaid ei fod o wedi'u pupro nhw drwy'r llyfr er mwyn iddo allu gwerthfawrogi pob un wrth iddo'u cyrraedd. Dwi'n meddwl y gwna innau 'run fath."

Gafaelodd Gaenor yn dynn am ei merch. "Byddai dy dad wedi hoffi hynny," meddai'n llawn edmygedd. "Fasai gen i mo'r ddisgyblaeth i wneud yr un peth, ond mae o'n gynllun da."

Ar ôl swper, roedd yn rhaid i Elin benderfynu beth i'w wisgo ar gyfer y cyfweliad. Aeth drwy ei chwpwrdd dillad yn bwyllog, ond doedd dim byd yn apelio ati. Roedd hi wastad wedi bod yn hapus gyda'i dillad yn y gorffennol. Roedd ganddi lwythi o grysau-T a thopiau, nifer o sgertiau a phâr neu ddau o jîns – ond ers iddi ddechrau yn *Calon*, teimlai'n anfodlon. Nid bod Elin am efelychu Seren ac Eleanor. Doedd ganddi ddim gobaith bod mor ffasiynol â nhw, ond roedden nhw'n llawer hŷn nag Elin. Doedd eu dillad nhw ddim yn apelio ati, ond roedd dillad Carwen a Gloria yn ddigon i dynnu dŵr o'i dannedd. Nid y ffaith bod y dillad yn ddrud oedd yn apelio ati – er ei fod yn amlwg fod rhai ohonynt wedi costio ffortiwn. Yn hytrach, teimlai Elin yn henffasiwn wrth sefyll wrth eu hymyl, er ei bod hi wastad wedi meddwl ei bod hi'n edrych yn iawn cyn iddi eu cyfarfod. Doedd y ffaith ei bod hi'n mynd i orfod cyfweld pobl mor enwog ddim yn helpu chwaith.

"Be wyt ti'n wneud?" holodd ei mam wrth

sefyll yn y drws yn llygadu'r pentwr o ddillad roedd Elin wedi'u taflu o'r neilltu ar y gwely.

"Trio penderfynu beth i'w wisgo fory." Ceisiodd Elin beidio â gwneud i'w llais swnio'n gwynfanllyd, ond gwyddai ei bod hi'n swnio'n ddagreuol.

"Wnest ti ddim benthyg rhywbeth o *Calon*?"

Crychodd Elin ei thalcen. "Be ti'n feddwl?"

Gwenodd Gaenor. "Does 'na ddim samplau dillad yn y swyddfa? Ro'n i'n meddwl mai felly fyddai hi efo'r cylchgronau ffasiwn 'ma?"

Cymylodd wyneb Elin. "*Mae* na lwythi o samplau yno," cyfaddefodd. "Ond wnes i ddim meddwl gofyn am fenthyg rhywbeth, ac mae hi'n rhy hwyr rŵan!"

Gwenodd Gaenor. "Dim ots," meddai. "Mi fyddi di'n gwybod ar gyfer y tro nesa. Ond am rŵan, pam na wisgi di dy dop lliw hufen newydd a jîns?"

Gwgodd Elin.

Brwydrodd ei mam ymlaen. "Mae jîns yn cŵl. Ac mae'r top newydd yn dy siwtio di i'r dim."

Taflodd Elin ei hun i ganol y dillad a phletio'i breichiau mewn hwyliau drwg. "Dwi'n siŵr fod *gynnon* ni hawl i fenthyg pethau. Mae Gloria a Carwen mewn dillad newydd o hyd, ac maen nhw wastad yn cwyno bod eu cyflogau'n isel. Dwi mor dwp! Pam na sylweddolais i?" Teimlai Elin yn wirioneddol flin â hi'i hun, ond teimlai hyd yn oed yn fwy blin â gweddill merched y swyddfa. Byddai *rhywun* wedi gallu ei rhoi hi ar ben ffordd. Rhaid fod Carwen a Gloria wedi cadw'n dawel am eu bod nhw'n genfigennus ohoni. Er hynny, doedd teimlo trueni drosti'i hun ddim yn mynd i wella'r sefyllfa. Roedd Elin angen ysbrydoliaeth *rŵan*.

"Dwi ddim yn trio tynnu'n groes, Mam," meddai. "Ond dwi'n mynd i gyfweld Fflur a

Ffion Lewis; mi fydda i'n teimlo'n anweledig os na wna i wisgo rhywbeth arbennig . . . a does gen i ddim byd addas."

Symudodd Gaenor Cadwaladr bentwr o ddillad ac eistedd ar y gwely ar bwys ei merch. "Dwi'n gwybod sut wyt ti'n teimlo, pwt. Ond tybed fyddan nhw'n gwisgo dillad hardd ar gyfer y cyfweliad?"

Cododd Elin ei hysgwyddau. "Dwn i ddim. Ond roedden nhw'n arfer modelu. Felly byddan siŵr o fod."

"Wyt ti'n credu y dylai'r person sy'n cyfweld dynnu sylw ati'i hun?" gofynnodd ei mam.

"Wel, ella ddim," cyfaddefodd gan geisio bod yn deg. "Ond gadael i mi wneud y cyfweliad oherwydd mod i'n ifanc maen nhw. Ac mi fyddan nhw'n tynnu lluniau hefyd!" Rhoddodd Elin ei dau benelin ar ei phennau gliniau a chwpanu'i gên yn ei dwylo. "Bydd fy ffrindiau i gyd yn prynu'r cylchgrawn er mwyn fy ngweld i ynddo fo . . . ac mi fydda i'n edrych yn wirion!" Mwyaf sydyn, roedd y dagrau'n bygwth.

Cofleidiodd Gaenor ei merch. "Go brin y byddi di'n edrych yn wirion. Ond dwi *yn* deall, pwt – mae teimlo fel yna cynddrwg ag edrych fel yna mewn sefyllfa fel'na."

"Dwi wedi bod trwy'r cyfan sy gen i Mam," mwmiodd Elin. "A does gen i ddim gobaith mul."

"Be am wisgo rhywbeth mewn steil retro?"

Suddodd Elin i lawr i ganol llanast ei chwpwrdd dillad. "Does gen i ddim byd retro," meddai.

"Mae gen i," meddai Gaenor yn dawel.

Mygwyd ateb Elin o dan y pentwr dillad. "Be?"

"Be am ffrog llygaid y dydd dy nain? O'r 60au?"

Cododd Elin ar ei heistedd eto, ei gwallt dros bob man. "Pa ffrog llygaid y dydd?"

Gwenodd Gaenor. "Dwyt ti erioed wedi'i gweld hi. Doedd hi ddim yn addas ar gyfer 'run o'r partïon gwisg ffansi fuost ti ynddyn nhw. Ac mae hi mor ddel, do'n i ddim am ei rhoi hi yn y bocs gwisgo-i-fyny pan oeddet ti'n fach, rhag ofn iddi rwygo. Mae hi mewn bag yn fy nghwpwrdd dillad i. Wyt ti eisio i mi fynd i'w nôl hi?"

"Ocê," meddai Elin yn ansicr.

Ceisiodd Elin beidio â chodi'i gobeithion. Byddai'r ffrog yn erchyll siŵr o fod. Gallai dillad retro fod yn cŵl, ond doedd hynny ddim yn golygu y gwnâi *unrhyw beth* y tro, ac roedd y chwe degau dros hanner canrif yn ôl! Tybed a allai *unrhyw* ddilledyn bara mor hir â hynny a dal i edrych yn dda? Aeth cryn dipyn o amser heibio cyn i'w mam ddod yn ei hôl, ac erbyn hynny roedd Elin yn brysur yn plygu a chadw'i thopiau. Roedd hi wedi rhoi top tyn ar y naill ochr. Byddai'n rhaid iddi ddioddef teimlo'n oer yn y cyfweliad er mwyn peidio ag edrych yn wirion. Byddai'n rhaid i'r top hwnnw wneud y tro, a phenderfynodd Elin wisgo'i jîns gorau efo o.

"Dyma ti! Sori mod i wedi bod mor hir. Ro'n i wedi anghofio lle ro'n i wedi'i chadw hi. Beth bynnag, mae angen ei smwddio hi. Ond cymera gipolwg i weld be wyt ti'n feddwl." Estynnodd ei mam fag plastig a het iddi.

Cymerodd Elin y bag a gwgu ar yr het. "Ti'n gwybod mod i ddim yn gwisgo hetiau" meddai.

Yn araf, tynnodd Elin lond llaw o ddefnydd glas tywyll o'r bag. Teimlai'r defnydd yn llipa, ac roedd o wedi crychu'n ofnadwy, ond unwaith y gwelodd Elin o'n iawn, gallai weld bod patrwm haniaethol o lygaid y dydd anferth yn frith dros y ffrog. Roedd y blodau'n wyn â chanol pinc llachar i bob un. Dylai'r patrwm fod yn afiach, ond yn rhyfedd iawn doedd o ddim. Ysgydwodd Elin y ffrog a sefyll ar ei thraed. Roedd llewys hir y ffrog yn clymu'n dynn o gwmpas y garddyrnau, a belt llydan o'r un defnydd yn tynnu'r wasg i mewn. Roedd gwddw uchel i'r ffrog, a sgert fer, lawn fyddai'n chwyrlio o'i chwmpas wrth iddi gerdded. Edrychai'r ffrog yn wahanol i unrhyw beth roedd Elin erioed wedi'i wisgo.

Agorodd Gaenor ddrws y cwpwrdd dillad er mwyn i Elin allu astudio'i hun yn y drych hir. Daliodd y ffrog o'i blaen a syllu. "Dwn i ddim. Mae hi'n . . ." Allai Elin ddim dychmygu ei nain yn gwisgo ffrog fel hon. Roedd hi'n rhy ffynci, yn addas ar gyfer dyddiau tanbaid o haf a phartïon swnllyd. "Petawn i'n ei smwddio hi, ella . . ."

"Paid â symud. Mi smwddia i hi. Chwinciad fydda i." Cydiodd Gaenor yn y ffrog, a gallai Elin ei chlywed yn gosod y bwrdd smwddio i fyny yn y gegin. Gwyddai Elin y dylai hi gynnig ei smwddio yn ei lle. Wedi'r cwbl, ar ei chyfer hi roedd y ffrog. Ond yn hytrach, arhosodd, gan geisio peidio â chodi'i gobeithion yn ormodol.

"Gwisga hi."

Camodd Elin i mewn i'r ffrog. Teimlai'n

rhyfedd. Roedd y toriad mor wahanol i'r dillad yr arferai eu gwisgo.

"Gwisga dy sandalau," meddai'i mam, "cyn i ti edrych arnat ti dy hun eto."

Wrth i Elin godi i'w thraed yn ei sandalau sodlau isel, sodrodd ei mam rywbeth ar ei phen.

"Dy nain oedd piau hon hefyd. Roedd hi wrth ei bodd efo John Lennon, un o'r Beatles." Roedd yr het wedi'i gosod ar ongl, ac ysgydwodd Elin ei phen yn flin. "Gas gen i hetiau!" llefodd. Ond cyn iddi dynnu'r het oddi ar ei phen, gwelodd Elin ei hun yn y drych.

Yn sydyn, nid Elin Cadwaladr oedd yn sefyll o flaen drych y cwpwrdd dillad yn edrych yn flin. Yn hytrach, gallai Elin weld person â steil gwirioneddol, gyda'r un math o edrychiad ag roedd hi wedi'i edmygu yn Carwen a Gloria. Doedd o ddim yn ffasiwn-i'r-funud, ond roedd y wisg yn gweithio mewn ffordd nad oedd unrhyw wisg arall o'i heiddo erioed wedi gwneud. Roedd y cyfuniad o sandalau modern gyda'r ffrog retro – a'r het yn enwedig – yn edrych yn grêt. Er bod yn gas ganddi gyfaddef hynny, yr het oedd yn gwneud y wisg yn un arbennig. Wyddai Elin ddim *pam* bod y wisg yn edrych yn cŵl – yn hytrach nag fel gwisg ffansi ddwl – ond roedd hi'n hollol sicr ei bod yn gweithio.

Y cyfweliad

Ar fore'r cyfweliad, cododd Elin cyn codi cŵn Caer. Roedd hi'n barod yn llawer rhy fuan, ac eisteddodd yn ei hystafell yn ceisio meddwl am ffyrdd o gadw'i hun rhag cynhyrfu. Er mwyn cael rhywbeth arall i feddwl amdano, penderfynodd edrych i weld a oedd Hannah, ei ffrind gorau, ar-lein. Doedd hi ddim, felly gadawodd Elin neges iddi ar Gweplyfr: *Nerfus ofnadwy am gyfweld Fflur a Ffion heddiw. Dymuna bob lwc i mi! Fydda i ar-lein eto heno. Croesi bob dim . . .*

Darllenodd y neges ac ystyried. Beth petai'r cyfweliad yn draed moch? Fyddai hi ddim yn teimlo fel siarad wedyn. Efallai y dylai hi ddileu rhan olaf y neges. Cyn iddi allu gwneud dim, canodd ei ffôn symudol. Hannah oedd yno.

"Meddwl y baswn i'n ffonio i ddymuno pob lwc i ti cyn i mi ddal y trên," meddai Hannah.

"Diolch," meddai Elin. "Ro'n i'n mynd i yrru neges Gweplyfr atat ti. Ro'n i'n meddwl ella dy fod ti wedi anghofio am y cyfweliad."

"Dim peryg!" meddai Hannah yn bigog. "Faswn i byth yn gwneud hynny."

"Sori," meddai Elin. "Ond dwi mor nerfus! Be wyt ti'n wneud heddiw?"

"Mae plant yr ysgol feithrin yn dod draw, felly mi fydda i'n treulio'r rhan fwyaf o'r amser yn trio'u rhwystro nhw rhag cwtsho'r cywion bach i farwolaeth, mae'n siŵr!" meddai Hannah gan chwerthin. "Dydi gweithio ar fferm ddinesig ddim hanner mor ffansi â dy swydd di."

"Ond rwyt ti wrth dy fodd," meddai Elin.

"Ydw," meddai Hannah. "Mi ydw i."

Erbyn i Elin a Hannah stopio sgwrsio, roedd hi'n amser mynd. A dweud y gwir, bu'n rhaid i Elin ruthro i ddal y bws, a suddodd i'w sedd gydag ochenaid o ryddhad. Tynnodd ei llyfr nodiadau allan ac astudio'r cwestiynau roedd hi wedi'u paratoi, yn y gobaith o fod dan reolaeth llwyr. Ailddarllenodd ail ymadrodd ei thad hefyd. *Dibynna ar dy reddf.* Roedd hi'n bwriadu gwneud hynny hefyd.

Cyn gynted ag y cyrhaeddodd hi'r swyddfa, rhoddodd Elin ei chôt i hongian a gwisgodd ei sandalau. Roedd gwisgo het yn y swyddfa'n teimlo'n chwithig, ond doedd dim syndod a hithau ddim wedi arfer gwisgo het y tu fewn na'r tu allan.

Gan ei bod hi'n gynnar, aeth i lawr y grisiau i weld Swyn, yn hytrach na mynd yn syth i'r swyddfa. Gobeithiai y byddai ymateb Swyn yn dangos iddi a oedd ei gwisg yn llwyddiant ai peidio. Neithiwr, roedd Elin wedi'i hargyhoeddi'i hun bod ei hedrychiad retro'n wych, ond erbyn hyn roedd hi'n dechrau cael traed oer ac angen i rywun gadarnhau ei bod hi'n iawn. Doedd dim angen iddi boeni.

"Waw! Drycha arnat ti!"

"Ydw i'n edrych yn ocê? Go iawn?"

"Paid â bod yn dwp!" Rowliodd Swyn ei llygaid. "Wrth gwrs dy fod ti! Ti'n edrych yn anhygoel! Yn well o lawer na'r dreigiau 'na i fyny'r grisiau. Rhaid iddyn nhw gadw llygad arnat ti rhag ofn i'r Adran Ffasiwn dy fachu di."

Gloywodd wyneb Elin. "Diolch!" meddai, gan wenu'n llydan.

"Ydi dy gwestiynau di'n barod?"

Patiodd Elin ei bag. "Yn fy llyfr nodiadau. Well i mi fynd. Bydd Seren yn disgwyl ei choffi cyntaf."

"Elin?"

"Ia?"

Difrifolodd Swyn. "Paid â disgwyl cael

unrhyw ganmoliaeth ganddyn nhw. Mi fyddi di'n lwcus os bydd unrhyw un yn codi'i ael, hyd yn oed. Ond mi wnân nhw sylwi pa mor ffynci rwyt ti'n edrych. Cred ti fi."

Roedd Swyn yn iawn. Pan gerddodd Elin i mewn i'r swyddfa, ddywedodd neb 'run bw na be wrthi. Efallai bod Gloria ychydig bach yn fwy pwdlyd nag arfer, ac edrychodd Carwen i ffwrdd er mwyn osgoi ei chyfarch. Wyddai Elin ddim a oedd y ffrog chwe degau wedi gwneud argraff ar Seren, chwaith ond pan ddaeth Eleanor draw gydag archeb coffi gynta'r dydd, tybiodd Elin iddi weld cysgod o wên ar ei gwefusau . . . am eiliad.

Doedd neb yn trin Elin yn wahanol oherwydd fod ganddi gyfweliad pwysig ar ôl cinio. Os rhywbeth, roedd yn rhaid iddi weithio'n galetach nag arfer. Gollyngodd Gloria bentwr mawr o dopiau ar ei desg a gofyn iddi eu hongian yn daclus er mwyn i Seren eu gweld. Yna diflannodd Carwen i rywle gan adael Elin yng ngofal desg y dderbynfa, er nad oedd hi i fod i wneud hynny mewn gwirionedd. Wedyn, dywedodd Seren wrth Gloria am fynd â Caswallon am dro – ond yr eiliad y dechreuodd y Golygydd siarad ag Eleanor am rifyn nesa'r cylchgrawn, rhoddodd Gloria'r tennyn i Elin.

Pan ddaeth Elin a Caswallon yn eu holau, teimlai'r swyddfa'n annioddefol o swnllyd gyda phawb yn siarad ar draws ei gilydd, a phobl yn mynd a dod yn ddi-baid. Fel arfer, gwirionai Elin ar hynny, ond heddiw câi drafferth i ganolbwyntio, hyd yn oed pan oedd ganddi eiliad iddi hi'i hun. Wrthi'n darllen ei nodiadau cefndirol am y Lewisiaid roedd hi pan frasgamodd Gloria at ddesg Eleanor. Allai Elin ddim peidio â gwrando ar gwynion croch Gloria. Gwyliodd y sgwrs drwy gil ei llygaid, rhag ofn i rywun sylwi arni'n gwrando a rhoi rhywbeth arall iddi ei wneud.

"Mae'r peiriant dŵr yfed yn dal yn wag," cwynodd Gloria. "Ro'n i'n meddwl bod polisi'r cwmni'n nodi'n glir bod gynnon ni hawl i gael peth."

Roedd Eleanor wedi ymgolli yn yr erthygl roedd hi'n ei hysgrifennu, a wnaeth hi ddim hyd yn oed edrych i fyny. "Chwilia am gyflenwr newydd, 'ta," cyfarthodd.

"Fedra i ddim gwneud hynny rŵan," atebodd Gloria. "Rhaid i mi fynd â pharsel i'r stafell bost. A ph'run bynnag, does gen i ddim hawl i archebu na chanslo'r . . ."

Cododd Eleanor ei phen a rhythu ar Gloria. "Elin, chwilia am y rhif i mi, wnei di? Mi wna *i* ganslo'r archeb, a phan ddoi di 'nôl, Gloria, gei di chwilio am gyflenwr newydd i mi."

Ochneidiodd Elin. Daeth o hyd i'r rhif ar gronfa ddata ei gliniadur, yna dychwelodd at Eleanor a deialu'r rhif ar ei ffôn. Pan ddechreuodd ganu, estynnodd Elin y ffôn i'r Is-olygydd a mynd yn ôl at ei nodiadau. Ond yr eiliad y cymerodd Eleanor y derbynnydd, cyrhaeddodd Carwen gyda neges holl bwysig iddi. Teimlai Elin fel rhoi ei dwylo dros ei chlustiau. Gwyliodd Eleanor yn ceisio siarad ar y ffôn, tra ar yr un pryd yn gwrando ar Carwen a chadw llygad ar yr erthygl roedd hi'n ei hysgrifennu. Y funud honno, doedd Elin ddim yn eiddigeddus o gwbl o Eleanor.

Treuliodd Elin gymaint o amser yn rasio o gwmpas nes ei bod hi wedi blino'n lân erbyn amser cinio. Fel arfer, byddai'n mynd â'i brechdan i lawr y grisiau i'w bwyta gyda Swyn a Glyn, ond doedd dim digon o amser i hynny heddiw. Yn hytrach, cymerodd goffi o'r peiriant nad oedd neb byth yn ei ddefnyddio a dychwelyd at ei desg i feddwl.

"Ti'n barod?" gofynnodd Eleanor. "Mi fydd y Lewisiaid yma mewn chwinciad."

Llyncodd Elin wich o banig a chwilio am ei llyfr nodiadau yn ei bag. Cynyddodd ei phanig pan gyrhaeddodd Jo, y ffotograffydd. Roedd Elin eisiau gwneud yn siŵr bod ei cholur yn iawn, ond gwyddai fod Eleanor yn ei gwylio felly agorodd ei llyfr nodiadau yn lle hynny. Roedd ei hysgrifen fel niwl o flaen ei llygaid. Allai hi ddim canolbwyntio, na chwaith gofio sut y bwriadai agor y sgwrs.

Yna cyrhaeddodd y Lewisiaid y dderbynfa, a dechreuodd Carwen wenu'n ffals. Gwisgai un o'r merched jîns du o doriad perffaith a thop llac â phrint drosto. Gwisgai'r llall ffrog fer, teits tywyll a bŵts brown byr anhygoel â sodlau aur. Sylwodd Elin nad oedden *nhw* wedi cael gorchymyn i newid eu hesgidiau y tu allan!

Edrychai'r Lewisiaid yr un mor anhygoel â'r lluniau roedd Elin wedi'u gweld ohonyn nhw. Ac *roedden* nhw yr un ffunud â'i gilydd hefyd! Diolch byth eu bod nhw'n gwisgo dillad gwahanol, neu fyddai Elin *byth* yn gallu dweud pwy oedd pwy!

Ddylai hi fynd i'w cyfarch? Na. Roedd Eleanor yn gwneud hynny, mor bwyllog ag arfer, yn ysgwyd llaw ac yn eu harwain i'r ystafell gyfarfod. Wrth iddyn nhw fynd heibio desg Elin, edrychodd Eleanor arni, ac yn sydyn cofiodd Elin beth oedd hi i fod i'w wneud. Roedd hi i fod i'w dilyn nhw, ac aros y tu allan i'r ystafell am ychydig funudau tra oedd Seren yn siarad gyda'r gwesteion. Yna byddai Seren yn gadael, ac Eleanor yn cyflwyno Elin iddyn nhw cyn eu gadael gyda Jo y ffotograffydd ar gyfer y sesiwn tynnu lluniau. Wedyn, byddai gan Elin hyd at ugain munud i'w cyfweld. Felly prysurodd Elin i sefyll y tu allan i'r drws fel y dywedwyd wrthi am wneud.

"A, Elin. Dyma ti," meddai Eleanor pan ddaeth hi allan o'r ystafell ychydig funudau'n ddiweddarach. "Gad i mi dy gyflwyno di i Fflur a Ffion Lewis."

Roedd y Lewisiaid yn dal, bron mor dal ag Eleanor, a sylwodd Elin fod y ddwy'n dal i edrych yr un ffunud â'i gilydd hyd yn oed pan safai'n agos atynt. Gobeithiai allu cofio pwy oedd â'r sodlau aur a phwy oedd â'r jîns du. Roedd wynebau'r efeilliaid yn berffaith, fel petaen nhw wedi'u cerfio o garreg lliw coffi.

Ond yr eiliad y dechreuon nhw siarad, bywiogodd eu hwynebau a chofiodd Elin mai dim ond pobl o gig a gwaed oedd Fflur a Ffion – er mor arbennig oedden nhw – a doedd dim rheswm iddi deimlo parchedig ofn tuag atyn nhw.

"Haia! Fflur ydw i," meddai un o'r merched. Gwenodd wrth ysgwyd llaw Elin. Ceisiodd Elin gofio mai'r sodlau aur oedd Fflur.

"A Ffion ydw i," meddai'r jîns du wrth iddi hithau hefyd ysgwyd llaw Elin. "Dwi'n clywed dy fod ti yma ar brofiad gwaith. Ti'n mwynhau, gobeithio?"

Roddodd Fflur ddim cyfle i Elin ateb. "Ti wedi llwyddo i fachu'r cyfweliad 'ma, sy'n dipyn o gamp, weden i!" Gwenodd ar Elin a hithau ar ei gilydd. Roedd popeth yn mynd i fod yn iawn.

Roedd cael tynnu lluniau gyda'r Lewisiaid yn goblyn o sbort. Roedden nhw'n gwneud pethau'n hawdd iawn i Jo, a doedd dim angen iddo esbonio popeth iddyn nhw. Gan fod cymaint o bobl wedi tynnu lluniau ohonyn nhw er pan oedden nhw'n blant, roedd yn ail natur i'r ddwy erbyn hyn.

Roedd Jo'n awyddus i dynnu lluniau o Elin yn cyfweld yr efeilliaid, felly agorodd Elin ei llyfr nodiadau ac edrych fel petai'n gofyn cwestiwn, tra hoeliodd y Lewisiad eu sylw llawn arni.

Hedfanodd yr amser, a buan iawn y daeth y sesiwn gyda Jo i ben. "Wel," meddai un o'r efeilliaid – ac am eiliad anghofiodd Elin pwy oedd pwy. "Dim ond ni sy 'ma rŵan. Felly be hoffet ti wybod?"

"Paid â phoeni," meddai'r llall yn garedig, gan synhwyro panig Elin. "Mae 'na lwythi o gwestiynau stoc mae cylchronau wastad yn gofyn i ni. Mi wnawn ni dy helpu di os wyt ti eisio. Paid â theimlo dan bwysau."

"Mae'n iawn," meddai Elin gan ddod o hyd i'w llais. "Dwi wedi sgwennu fy nghwestiynau i lawr. Y cwbl sydd raid i mi ei wneud ydi mynd drwyddyn nhw, os ydi hynna'n ocê efo chi."

Eisteddodd yr efeilliaid ar soffa ledr gyffyrddus tra eisteddodd Elin ar un o'r cadeiriau glas. Soniodd y ddwy yn fanwl am eu taith nesa. Yna fe atebon nhw gwestiynau am eu gyrfaoedd, a'u haddysg ym Mhlas Dolwen – yr ysgol oedd yn enwog am ei phlant cerddorol talentog – a'u bywyd teuluol adref. Roedd Elin wedi'i syfrdanu wrth glywed bod y ddwy'n modelu bron o'r crud! Soniodd Ffion – yr efaill oedd am fod yn feddyg – am y gwaith y gobeithiai hi ei wneud yn India rhyw ddydd. O India yr hanai teulu eu mam. Cofiodd Elin am gwestiwn arbennig roedd hi am ei ofyn.

"Pam wyt ti wedi penderfynu rhoi'r gorau i dy yrfa efo dy chwaer er mwyn bod yn feddyg?" gofynnodd.

"Mae pobl wedi gofyn i mi o'r blaen pam dwi wedi penderfynu rhoi'r gorau i fod yn fodel a chantores bop," atebodd Ffion yn feddylgar. "Ond does 'na neb erioed wedi printio'r ateb cywir."

"Wel, does 'na 'run cylchgrawn yn mynd i ddweud dy fod ti'n credu mai peth dwl ydi bod yn gantores bop," chwarddodd Fflur.

"Ti'n meddwl hynna o ddifri?" gofynnodd Elin yn syn.

"Dwi ddim yn meddwl ei fod o'n ddwl!" protestiodd Ffion. "Neu faswn i ddim yn mynd ar y daith 'ma, faswn i? Na. Does 'na ddim byd o'i le ar ddefnyddio dy dalent i ddiddanu pobl. Ond dydi o ddim yn fy modloni *i* rhywsut. Dwn i ddim pam."

"Roedd hi wastad eisio bod yn feddyg," meddai Fflur gan wenu'n annwyl ar ei chwaer. "Ac ro'n i'n eitha blin ar y dechrau pan glywais i ei bod hi'n mynd i ngadael i." Gwenodd eto. "Ond rhaid iddi wneud beth bynnag sy'n iawn iddi hi, yn union fel dwi'n ei wneud. Ac mae hi'n glyfar ofnadwy."

"Shhhh," meddai Ffion gan bwnio'i chwaer yn chwareus. "Ti'n codi cywilydd arna i. Rhaid i mi gael graddau da – cofia. Be taswn i'n methu fy arholiadau?"

Rowliodd Fflur ei llygaid a dechreuodd Elin chwerthin. Roedd hi'n mwynhau bod yng nghwmni'r efeilliaid. Roedd hi'n hawdd cymryd atyn nhw.

"Drycha," meddai Fflur wrth Elin gan wthio'i chwaer yn ôl gyda gwên, "mi ddylen ni roi rhywbeth unigryw i ti a'r gyfer dy erthygl, er mwyn i ti brofi i'r Golygydd pa mor wych wyt ti."

"Syniad da!" meddai Ffion. "Pa gyfrinach rannwn ni gyda hi?"

Eisteddodd Elin rhyngddynt yn cwtshio'i llyfr nodiadau, yn methu credu pa mor ffodus oedd hi.

"Wn i," meddai Fflur, "gei di fod y person cyntaf i glywed fy mod i ar fin lansio menter newydd sbon!"

"Sgwenna rywbeth fydd yn awgrymu dy fod ti wedi gwneud i ni deimlo mor gyffyrddus nes bod Fflur wedi gadael i rywbeth lithro mewn camgymeriad," awgrymodd Ffion.

"Ocê," cytunodd Elin. "Felly . . ." gofynnodd i Fflur yn llawn cyffro, "be *ydi* dy fenter newydd di?"

"A! Wel, yn anffodus, alla i ddim dweud wrthat ti ar y funud," cyfaddefodd Fflur. "Mae angen sortio un neu ddau o bethau yn gyntaf. Ond dylai fod yn ddigon i *Calon* ddweud bod rhywbeth yn digwydd. Ac os byddi di'n awgrymu mai dy gylchgrawn di fydd y cyntaf i ddatgelu'r cyfan . . . Wel, gyda rhywfaint o lwc, bydd hynny'n annog pobl i gario mlaen i brynu'r cylchgrawn nes y byddan nhw wedi darganfod be ydi o . . ."

"Dyna be mae golygyddion yn ei hoffi." Gwenodd Ffion ar Elin. "Paid â phoeni. Rydan ni'n dweud y gwir. Mae hi'n mynd i lansio menter newydd yn fuan iawn."

"Os wnei di ebostio fy asiant ymhen tua mis, mi wnaiff hi egluro i ti," ychwanegodd

Fflur. "Mi ro i dy enw di iddi er mwyn iddi ddisgwyl cael neges gen ti."

"Ond bydd Elin wedi gorffen ei phrofiad gwaith erbyn hynny," meddai Ffion.

Crychodd Fflur ei thalcen, ond yna goleuodd ei hwyneb. "Wel, mi alli di roi'r wybodaeth unigryw i *Calon*," dywedodd. "Gwna'n siŵr eu bod nhw'n talu i ti amdano fo hefyd," ychwanegodd, gan wincio ar Elin.

Erbyn hyn, roedd yn bryd iddyn nhw adael.

"Gyda llaw, dwi'n hoffi dy ffrog di," meddai Fflur wrth i Seren ymddangos yn y drws, gyda Carwen a Gloria wrth ei chwt, yn gobeithio cael y cip olaf ar y selébs. Roedd Elin wrth ei bodd.

Gwgodd Seren ar Carwen a bagiodd hithau yn ei hôl at ddesg y dderbynfa. Roedd Gloria'n dal i hofran, ond ni edrychodd Fflur na Ffion arni. Er mawr lawenydd i Elin, cofleidiodd yr efeilliaid hi cyn i Seren eu harwain i ffwrdd.

"Pob lwc yn y dyfodol," meddai Ffion.

"Paid ag anghofio'r ebost," ychwanegodd ei chwaer.

Wrth i Gloria hebrwng yr ymwelwyr allan, aeth Elin yn ôl at ei desg, yn teimlo fel petai hi'n nofio ar gwmwl perffaith o hapusrwydd. Eisteddodd ac agor ei llyfr nodiadau, yn benderfynol o ychwanegu at yr wybodaeth oedd ganddi tra oedd y cyfweliad yn dal yn fyw yn ei meddwl. Doedd hi ddim wedi gwneud hanner gymaint o nodiadau ag roedd hi wedi'i fwriadu, er ei bod hi'n weddol hyderus fod ganddi ddigon. Ond cyn iddi ddechrau arni, roedd yn rhaid iddi eistedd am eiliad i werthfawrogi'r profiad. Yn syml, dyma'r peth mwyaf cyffrous oedd wedi digwydd iddi erioed!

Uchelgais

Gweithiodd Elin yn galed ar ei herthygl, ac er i Gloria ei hanfon ar negeseuon i Seren ddwywaith, cafodd lonydd fel arall.

Doedd hi ddim wedi bwriadu ffraeo efo Carwen, ond cymerodd yn ganiataol ei bod hi bellach wedi colli ffrind. Ond er mawr lawenydd i Elin, roedd Carwen fel petai wedi maddau iddi ac eisiau bod yn ffrindiau eto. Roedd hi am wybod popeth am y cyfweliad. Ceisiodd Elin ddweud hynny fedrai wrthi, heb swnio fel petai hi'n brolio. Teimlai'n falch nad oedd hi'n cael ei hanwybyddu, ond roedd Carwen fel petai'n ddigon hapus i sgwrsio trwy'r dydd tra oedd Elin yn awyddus i fwrw mlaen gyda'i herthygl. Yn y diwedd, bu'n rhaid i Elin ofyn yn gwrtais iddi fod yn dawel er mwyn iddi hi allu gweithio.

Ochneidiodd Elin wrth i Carwen droi draw yn bwdlyd. Byddai'n ei chasáu hi unwaith eto, siŵr o fod. Roedd delio â Gloria'n dipyn haws. Efallai nad oedd Elin yn hoff iawn o gynorthwywraig Seren, ond o leiaf roedd hi'n gyson yn y modd roedd hi'n trin Elin fel baw.

Pan gafodd Eleanor eiliad sbâr, daeth draw i roi ychydig o gyngor i Elin, ac roedd hithau'n gwerthfawrogi hynny'n fawr.

"Ar ddechrau dy erthygl, ceisia awgrymu be ydi'r eitem mwya cyffrous a mynd i fwy o fanylder tua'r diwedd. Dyna'r ffordd i hoelio sylw dy ddarllenwyr," dywedodd wrthi.

"Diolch, Eleanor!" Edrychodd Elin ar y frawddeg gyntaf a'i hailysgrifennu.

Roeddwn i'n meddwl bod cael tynnu fy llun gyda fy hoff bobol yn hynod o gyffrous, ond awgrymodd Fflur a Ffion y bydden nhw hefyd yn rhoi sgŵp i mi ac i Calon!

Erbyn diwedd y dydd, roedd Elin yn hapus gyda'r hyn a ysgrifennodd. Roedd hi wedi ateb y rhan fwyaf o'r cwestiynau yr hoffai'r darllenwyr eu gofyn, ac wedi ychwanegu rhywfaint am obeithion Ffion am ei gyrfa feddygol hefyd. Soniodd am fenter newydd Fflur ar y diwedd, gan danlinellu'r ffaith y byddai *Calon* mewn sefyllfa i ddatgelu popeth cyn bo hir.

"Mi ddarllena i hi cyn gynted â phosib," addawodd Eleanor pan ddisgrifiodd Elin ei herthygl wrthi.

Gwthiodd Elin ei llyfr nodiadau i'w bag gan baratoi i adael. Wrth iddi fynd i newid ei hesgidiau, daeth wyneb yn wyneb â Gloria oedd yn dod yn ei hôl ar ôl bod allan ar neges.

"Roedd Fflur Lewis yn cael tipyn o sbort gynna, toedd?" meddai gan dynnu'i hesgidiau hithau.

"Be ti'n feddwl?" gofynnodd Elin.

"Wel . . ." Gwisgodd Gloria bâr o esgidiau

glas ysgafn â sodlau tryloyw am ei thraed a gwenu. "Dweud ei bod hi'n hoffi dy ffrog di. Am jôc!" Gwthiodd heibio i Elin a cherdded ling-di-long i'r swyddfa. Syllodd Elin ar ei hôl a'i llygaid yn dechrau llenwi â dagrau. Roedd hi'n ceisio dal yn ôl pan ddaeth Carwen i'r cyntedd i nôl ei chôt.

"Sori na wnes i siarad mwy efo ti heddiw," ymddiheurodd Elin. "Ond roedd yn rhaid i mi orffen sgwennu'r erthygl 'na tra oedd y cyfan dal yn ffres yn fy meddwl i."

"Gen ti gymaint o feddwl ohonat ti dy hun," meddai Carwen yn sychlyd "Rwyt ti'n bathetig."

Roedd Elin wedi'i brifo i'r carn. "Ddrwg gen i," meddai gan lyncu'i dicter. "Dwi'n sylweddoli mod i'n lwcus iawn. Ond fydda i ddim yma'n hir, a dwi'n siŵr y cei di dy gyfle wedyn."

Erbyn hyn, roedd Carwen mewn tymer ddrwg. "Paid ti â siarad i lawr efo fi," brathodd. "A phaid â meddwl chwaith bydd dy dipyn erthygl di'n ymddangos yn y cylchgrawn. Fydd hi ddim."

"Dwyt ti ddim yn gwybod hynna!"

Crechwenodd Carwen. "Y lluniau sy'n bwysig i Seren. Mi fydd hi'n rhoi'r rheini i mewn, heb drafferthu efo'r erthygl. Mi wnaiff capsiynau'r tro, a fi a Gloria fydd yn sgwennu'r rheini."

"Wel, o leia mi ges i hwyl yn cyfarfod y Lewisiaid," atebodd Elin yn benderfynol o fod yn bositif er gwaethaf sbeit Carwen. "Faswn i ddim yn ffeirio'r profiad hwnnw am ddim yn y byd."

"Mae'n siŵr bod y profiad yn wefr fawr i *ti*," meddai Carwen yn llawn trueni ffug, gan anwybyddu'r ffaith ei bod hithau wedi bod bron â marw eisiau clywed yr hanes yn gynharach.

Allai Elin ddim dioddef rhagor. Gwisgodd ei chôt a rhuthro i ddal y bws.

"Hei!" bloeddiodd Swyn, gan redeg i ddal i fyny â hi cyn iddi gyrraedd y brif fynedfa.

"Tyrd 'laen! Dwed yr hanes! Oedd o'n wych?" Roedd yr olwg ar wyneb Elin yn adrodd cyfrolau. Rhoddodd Swyn ei braich amdani a'i harwain nôl at y lifft ac i'r llawr gwaelod. "Aeth hi'n draed moch o ddifri? Dwi'n siŵr nad oedd o cynddrwg â ti'n feddwl."

Gwthiodd Elin fraich Swyn i ffwrdd, taflu'i hun i gadair, a phlethu'i breichiau. "Roedd o'n *wych*!" meddai wrth Swyn a golwg gandryll arni. "Roedd y Lewisiaid yn grêt. Mi wnes i gofio beth i'w wneud, a dwi wedi gorffen yr erthygl. Dwi'n siŵr fod 'na siawns y bydd hi'n cael ei chyhoeddi hefyd, diolch i arweiniad Eleanor. Ro'n i'n teimlo'n anhygoel nes i Gloria a Carwen droi arna i. Ro'n i'n meddwl bod Carwen yn fy *hoffi* i. Mae hi mor oriog, yn mynd o un eithaf i'r llall. Mae'r peth yn hurt!"

Ochneidiodd Swyn. "Rhaid i ti drio'u hanwybyddu nhw," meddai. "Dwi'n gwybod eu bod nhw'n gallu bod yn reit annifyr –

cenfigennus ydyn nhw yn y bôn. Mi fasen nhw wrth eu bodd yn cael cyfle i gynnal cyfweliadau yn lle mynd ar negeseuon i Seren, ond y cwbl maen nhw'n cael cyfle i'w wneud ydi sgwennu llythyrau ar ran y darllenwyr a gwneud yn siŵr bod yr *horoscope* yn ffitio mewn i'r gofod sydd ar gael."

Ochneidiodd Elin. "Mae'r ddwy'n gallu bod mor . . . *gas*." Gwenodd yn wan ar Swyn. "Dydyn nhw ddim *wir* yn sgwennu llythyrau ar ran y darllenwyr, nag ydyn?"

Gwenodd Swyn arni. "Gwneud hynna i fyny wnes i. Dwi'n siŵr bod *Calon* yn cael digon o lythyrau gan ddarllenwyr heb i Gloria a Carwen orfod eu sgwennu nhw. Ty'd i weld ydi Glyn wedi llwyddo i gael y car allan o'r bocs chwain 'na mae'n nhw'n ei alw'n faes parcio. Rown ni lifft adre i ti."

"Mae o allan o'ch ffordd chi," atebodd Elin yn teimlo'n hapusach o lawer.

"Fydd Glyn ddim yn poeni am hynny.

Mae'n edrych fel glaw, a fedrwn ni ddim gadael i seren y cyfweliadau wlychu wrth aros am fws, na fedrwn?" meddai Swyn dan chwerthin.

Mynnodd Glyn yrru Elin yr holl ffordd adref, felly gwahoddodd Elin y ddau i mewn am baned o de. Pan gyrhaeddodd ei mam ychydig amser yn ddiweddarach, dyna lle roedd Elin yn eistedd wrth fwrdd y gegin yn chwerthin yn braf gyda dau berson anghyfarwydd.

Cyflwynodd Elin bawb i'w gilydd, a thywallt paned o de i'w mam. Mewn chwinciad, roedden nhw i gyd yn gwrando ar Elin yn ail-fyw ei diwrnod. Yna roedd Gaenor am glywed y cyfan am grochenwaith Swyn.

"Tasai'r cwmni'n rhoi codiad cyflog i mi, gallai Swyn roi'r gorau i weithio yn y stafell bost a bod yn grochennydd llawn amser," meddai Glyn yn freuddwydiol. "Wedyn fyddai dim rhaid iddi weithio tan yn hwyr y nos ac ar y penwythnosau."

Rhoddodd Swyn gwtsh i Glyn a'i gusanu. "Diolch i ti, ond does dim ots gen i," meddai. "Rhaid i'r crochenwaith dalu amdano'i hun p'run bynnag, ac mi gei di godiad cyflog yn hwyr neu'n hwyrach, dwi'n siŵr."

Gwenodd Glyn. "Un ai hynny neu mi werthi di'r potyn 'na ti'n ei gadw yn y stafell bost am ffortiwn i ryw seléb fydd yn digwydd ei weld o. Fydd dim rhaid i mi weithio o gwbl wedyn – mi gei di fy nghadw i mewn steil!"

"Breuddwyd gwrach!" Ceisiodd Swyn swnio fel petai hi'n ddig, ond methodd yn rhacs.

Ar ôl i Swyn a Glyn adael ymhen hir a hwyr, aeth Elin a'i mam i'r gegin i glirio a pharatoi swper.

"Am bobl hyfryd," meddai Gaenor, gan agor drws yr oergell. "Dwi'n hapusach o lawer o wybod bod y ddau yna'n edrych ar dy ôl di yn y lle 'na. O leia mae Swyn yn rhoi'r argraff bod ei thraed hi'n solet ar y ddaear."

"Tydi Glyn yn olygus?" gofynnodd Elin

wrth roi'r mygiau yn y peiriant golchi llestri.

Ymddangosodd Gaenor gyda phentwr o lysiau i'w paratoi. "Mae o'n amlwg yn meddwl y byd o Swyn," meddai'n gysetlyd. Yna edrychodd ar Elin a gwenu fel merch ysgol. "Ac ydi, mae o'n hollol gorjys," cytunodd. "Ond dydi o ddim yn sengl, ac mae o'n llawer rhy hen i ti ac yn llawer rhy ifanc i mi!"

"Mam!"

Bu distawrwydd am ychydig wrth i'r ddwy baratoi'r llysiau. Yna cliriodd Elin ei llwnc. "Ti'n meddwl bod Carwen yn iawn? Fyddan nhw'n anwybyddu fy erthygl i a phrintio'r lluniau'n unig?"

Aeth Gaenor draw at ei march a'i chofleidio. "Does gen i ddim syniad, pwt, ond all neb gymryd heddiw oddi arnat ti, allan nhw? Ac mae'r cyfan yn gyfle i ti ymarfer, tydi? Wedi'r cwbl, ro'n i'n meddwl dy fod ti am fod yn un o'r goreuon. Ac mae hynny'n cymryd amser."

"Ydi," atebodd Elin yn feddylgar. "Wrth gwrs. Alla i ddim disgwyl bod yn newyddiadurwraig wych dros nos. Ond mi faswn i'n hoffi gweld rhywfaint o ngeiriau i mewn print."

Aeth Elin yn ôl at y llysiau, ei meddwl yn rasio. *Mae Mam yn iawn*, meddyliodd. *Dwi eisio bod yn newyddiadurwraig dda – yr orau. Ac mae geiriau Dad yn ysgogiad i mi. Dim ots pa mor annifyr ydi Gloria a Carwen. Dwi'n benderfynol o lwyddo yn y diwedd!*

Trychineb

Aeth popeth yn dda ddydd Gwener. Teimlai Elin ei bod wedi setlo'n well a'i bod bellach yn rhan o'r Adran Olygyddol, er na chafodd hi gynnig unrhyw waith diddorol arall i'w wneud. Aeth allan o'r tŷ'n teimlo ar ben ei digon fore Llun, ond pan gyrhaeddodd y swyddfa, gallai synhwyro awyrgylch annifyr yno. Rhoddodd Carwen edrychiad rhyfedd iawn iddi pan gerddodd at ddesg y dderbynfa – edrychiad oedd yn gymysgedd o drueni a gorfoledd. Dechreuodd calon Elin guro'n galed, a'r eiliad y daeth Gloria ati a chydio yn ei phenelin yn ei hen ffordd sbeitlyd, gwyddai Elin bod rhywbeth mawr o'i le.

"Mae Seren eisio dy weld ti yn ei swyddfa. Rŵan!"

Tynnodd Elin ei phenelin yn rhydd a sgrialu at ddrws caeedig swyddfa'r Prif Olygydd. Gallai deimlo gwenwyn Gloria fel cyllell yn ei chefn. Ceisiodd ei gorau glas i feddwl am rywbeth, unrhyw beth, allai hi fod wedi'i wneud i haeddu'r fath ddicter. Byth ers i Seren fynnu bod Elin yn cadw allan o'r ffordd wythnos yn ôl, prin roedd hi wedi cydnabod ei phresenoldeb, a'r cwbl wnâi Gloria oedd saethu gorchmynion ati. Beth yn y byd allai Seren fod eisiau? Oedd o'n rhywbeth i'w wneud â chyfweliad y Lewisiaid tybed? Oedden nhw wedi cwyno amdani? Na – roedden nhw'n fodlon iawn ar y pryd.

Er gwaetha'i hymdrechion, ni allai Elin feddwl am unrhyw beth y gallai fod wedi'i wneud o'i le. Gyda Gloria a Carwen yn syllu arni, tynnodd anadl ddofn a churo ar y drws.

Doedd dim cliwiau yn llais Seren wrth iddi alw ar Elin i mewn i'w swyddfa. Agorodd hithau'r drws a chamu i mewn. Roedd Eleanor yno hefyd, ac roedd hynny'n rhywfaint o gysur. Ond doedd hi ddim yn edrych fel petai hi am gadw cefn Elin, chwaith.

Roedd Caswallon yng nghôl Seren fel arfer. Thorrodd Seren 'run gair, dim ond syllu ar Elin fel petai hi'n faw isa'r domen. Gadawodd i Eleanor siarad.

"Rydan ni newydd gael galwad gan Jo," meddai Eleanor mewn llais oeraidd. "Ti'n gyfarwydd â Jo, y ffotograffydd?"

"Ydw, wrth gwrs," atebodd Elin gan nodio.

"Roedd o wedi trefnu sesiwn tynnu lluniau hollbwysig gyda Melys bore 'ma, ond wnaeth hi ddim troi i fyny."

Roedd Elin ar goll yn lân wrth geisio dyfalu beth oedd gan hyn oll i'w wneud â hi.

"Pan wnaethon ni ffonio'r asiantaeth i weld beth oedd yn bod, mi ddywedson nhw fod *rhywun* wedi ffonio ddydd Iau i ganslo'r sesiwn," ychwanegodd Eleanor.

Roedd Elin yn aros i Eleanor egluro beth oedd y cysylltiad rhyngddi hi a'r hyn oedd wedi digwydd, pan dorrodd llais Seren ar ei thraws wrth iddi blygu i roi Caswallon yn ei fasged. "Er mwyn popeth, Eleanor, stopia baldaruo! Chdi! Be-bynnag-'di-dy-enw-di – Elin Cadwaladr! Be ti'n feddwl oeddet ti'n wneud?"

Rhythodd Elin arni. "Ym . . . does . . ." Lledodd ei breichiau'n ddryslyd. "Does gen i ddim syniad *pwy* wnaeth ganslo'r sesiwn. Ro'n i'n brysur gyda'r cyfweliad ac yna'r erthyg –"

"Anghofia hynny! Wyt ti'n trio creu trwbl ar bwrpas?"

Tynnodd Elin anadl ddofn cyn ceisio'i hamddiffyn ei hun yn bwyllog. "Na! Yma ar brofiad gwaith ydw i. Y cwbl dwi'n wneud ydi tacluso a mynd ar negeseuon – heblaw am y cyfweliad yr wythnos ddiwetha, wrth gwrs."

Yr unig beth i darfu ar y tawelwch oedd sŵn Caswallon yn crafu yn ei fasged ger desg Seren.

"Does gen i ddim amser i hyn!" meddai Seren gan chwifio'i llaw yn ddilornus. "A does gen tithau ddim chwaith, Eleanor. Dwi'n disgwyl i ti redeg y swyddfa 'ma fel wats. Ddylai pethau fel hyn *ddim* digwydd."

Roedd Eleanor wedi cael ei bwrw oddi ar ei hechel rhyw fymryn, a synhwyrai Elin ei bod hi'n flin gyda'r bòs, er na ddywedodd hi 'run gair.

Eisteddodd Seren i lawr y tu ôl i'w desg. Estynnodd swp o luniau sgleiniog a'u taenu ar draws y ddesg, cyn edrych i fyny'n ddilornus ar Eleanor. "Erbyn amser cinio, dwi eisio syniadau ar sut i lenwi'r bwlch mae'r camgymeriad 'ma wedi'i greu yn rhifyn mis nesa," cyfarthodd. "Gyrra Gloria i mewn ata i. Rwyt ti'n amlwg yn rhy feddal gyda'r staff."

Gafaelodd Eleanor ym mraich Elin a'i

thywys allan o'r swyddfa. Caeodd y drws y tu
ôl iddynt ac arwain Elin draw at ei desg.
"Carwen, bydd raid i ti fynd i brynu'r coffi
bore 'ma," meddai mewn llais digyffro.
Roedd Carwen wedi bod yn stelcian yn ymyl
drws swyddfa'r Golygydd yn ceisio edrych
fel petai ganddi reswm dros fod yno. Cododd
ei thrwyn i'r awyr yn bwdlyd a mynd i nôl ei
chôt. Rhuthrodd Gloria'n ôl at ei desg yr
eiliad yr ymddangosodd Elin ac Eleanor, gan
gymryd arni ei bod yn brysur.

"Gloria, mae Seren eisio dy weld ti yn ei
swyddfa rŵan," meddai Eleanor. "Mi wnawn
ni gadw llygad ar y dderbynfa nes daw
Carwen yn ei hôl. Rŵan, Elin . . ."

Crynodd Elin wrth i Eleanor graffu arni,
ond roedd hi'n benderfynol o sefyll i fyny
drosti hi'i hun. *Rhaid* mai un o'r genod eraill
wnaeth yr alwad. Ond pam byddai *unrhyw un*
o staff *Calon* yn gwneud y ffasiwn beth?

"Wyt ti'n sylweddoli pa mor ddifrifol ydi
hyn?" Pwysodd Eleanor yn erbyn ei desg a

phlethu'i breichiau. "Chawn ni ddim cyfle i weithio gyda Melys am fisoedd rŵan, ac yn waeth na hynny, mae gynna ni bum tudalen wag i'w llenwi mewn amser byr iawn."

"Dwi'n sylweddoli bod hynny'n ofnadwy," meddai Elin yn gyflym. "Ond pam byddai rhywun sy'n gweithio i'r cylchgrawn eisio canslo sesiwn tynnu lluniau?"

"Dyna dwi ddim yn ddeall," atebodd Eleanor.

"Wel . . . ydach chi'n siŵr nad yr asiantaeth fodelu oedd ar fai?" gofynnodd Elin gan grafu'i phen. "Ella bod rhywun yn eu swyddfa nhw wedi cymryd neges gan gylchgrawn arall, a chamddeall. Ella nad yn fan'ma ddigwyddodd y camgymeriad."

Gwenodd Eleanor yn wan. "Wyt ti erioed wedi ystyried bod yn dditectif?"

Gwridodd Elin. "Ond mae hi mor annhebygol mai un ohonon ni sy'n gyfrifol," meddai. "Beth fyddai'r pwynt?"

"Ti'n iawn," atebodd Eleanor. "Dwi wedi

meddwl hynny hefyd. Ddrwg gen i dy fod ti dan amheuaeth, ond mae Seren yn mynd i daclo pawb yn ei dro. Nid ti ydi'r unig un sy'n cael ei hamau. Dwi'n cymryd ei bod hi'n mynd i siarad efo Carwen ar ôl gweld Gloria."

Ochneidiodd Eleanor. "Y peth ydi, mi fydd hyn yn creu hafoc efo cyllideb Seren a gwneud iddi edrych yn aneffeithiol. Rydan ni'n atebol iddi *hi* ond mae *hi*'n atebol i'r Bwrdd Rheoli, fydd y llanast yma ddim yn adlewyrchu'n dda arni." Meddyliodd am funud a gwenu ar Elin. "Wn i, pam na wnei di fynd i edrych os ydi'r post wedi cyrraedd, ac anghofio am hyn. Rwyt ti'n dipyn o ffrindiau efo merch y stafell bost, dwyt? A beth bynnag, rhaid i mi fwrw mlaen a meddwl am rywbeth i lenwi'r bwlch."

Sylweddolodd Elin gymaint o bwysau oedd ar Eleanor. Doedd gweithio gyda bòs mor anodd â Seren ddim yn hawdd. Sylweddolodd Elin y gallai Seren geisio taflu'r bai ar ei dirprwy hefyd, ond fedrai hi ddim gwneud unrhyw beth am hynny – roedd yn rhaid iddi feddwl amdani hi'i hun. Fedrai hi ddim profi *nad* hi oedd wedi canslo'r sesiwn tynnu lluniau. Beth petai Seren yn dweud wrthi na châi hi orffen ei chyfnod profiad gwaith? Roedd popeth wedi bod yn mynd mor dda. Y cyfweliad a'i herthygl . . . fyddai'r cyfan yn cael ei wastraffu oherwydd camgymeriad rhywun arall? Byddai hynny mor annheg. Mwyaf sydyn, teimlai Elin yn chwithig. Roedd hi'n gwneud ei gorau glas i ffitio i mewn ond gwyddai yn y bôn ei bod hi'n cael ei hystyried yn dipyn o boen. Byddai Gloria mewn hwyliau drwg pan ddeuai allan o swyddfa Seren a byddai hi mwy na thebyg yn bwrw'i llid arni. Doedd Elin ddim am i hynny ddigwydd, felly prysurodd i lawr y grisiau i weld Swyn, fel yr awgrymodd Eleanor.

Doedd y post heb gyrraedd eto, er bod Swyn yn ei ddisgwyl unrhyw funud. Felly rhoddodd y tegell i ferwi a thynnu paced o fisgedi allan o ddrôr â label 'D' arni. 'B' oedd yn arfer bod arni," eglurodd Swyn wrth weld yr olwg ddryslyd ar wyneb Elin. "Ond mi benderfynais fod 'D' yn well. Dynes Dew fydda i wrth fwyta gormod o'r rhain."

Chwarddodd Elin. "Gallai 'D' olygu Dannedd Drwg hefyd," awgrymodd.

"Gwaeth fyth!" meddai Swyn gan rowlio'i llygaid. "Felly," meddai wrth roi llwyaid o bowdr coffi mewn dau fŵg, "sut hwyl sy ar ein cyfwelwraig selébs hollbwysig ni heddiw?"

"*Dwi'n* iawn," atebodd Elin. "Ond wnei di byth ddyfalu be sy wedi digwydd i fyny'r grisiau."

Adroddodd Elin hanes y sesiwn tynnu lluniau, ac roedd golwg ddifrifol ar wyneb Swyn. "Mae 'na alw mawr am Jo fel ffotograffydd," meddai. "Mae o wastad wedi dweud wrth Glyn ei fod o wrth ei fodd yn gweithio i *Calon*, ond os byddwn ni'n ei adael i lawr, ella na fydd o eisio gweithio i ni rhagor. Dywedodd Jane o'r Adran Gynllunio wrtha i mai fo ydi un o'r ffotograffwyr gorau yn y maes, mae pobl yn fodlon talu arian mawr am ei wasanaeth. A pheth arall . . . O! Dal dy ddŵr, i mi gael ateb hwnna . . ."

Sipiodd Elin ei choffi tra atebodd Swyn y ffôn. "Dim eto . . . na, wel, mi wna i . . . dyma fo . . . Wna i yrru fo i fyny . . . Hwyl."

Roedd y postmon wedi cyrraedd a gadael bwndeli o bost ar y cownter, felly rhoddodd Elin help llaw i Swyn i'w didoli. Roedd tipyn o bost i'r Adran Gynllunio, llwyth o lythyrau i swyddfa Elin, a pharsel i Seren – er mai enw Caswallon oedd arno.

"Dwi'n siŵr mai un o'r siwtiau gwirion 'na mae hi'n ei orfodi o i wisgo sy yn hwn," meddai Swyn. "Druan â fo."

"Dwi'n meddwl ei fod o'n reit ciwt," chwarddodd Elin. "Welist ti o'n gwisgo'r siwt bicsi? Dwi'n siŵr ei fod o wrth ei fodd yn cael sylw."

"Hy! Dwi'n meddwl y dylai cŵn gael bod yn gŵn heb gael eu gorfodi i wisgo i fyny fel pobl. Peth nesa, mi fydd Swyn eisio cynnwys erthygl ar ffasiwn i gŵn."

Cydiodd Elin yn y llythyrau a'r parsel. "Mi ddosbartha i'r rhain i ti," cynigiodd. "A dweud y gwir, mae'r syniad ffasiwn i gŵn 'na'n un grêt," ychwanegodd, ac oedi wrth y drws. "Mi sonia i wrth Eleanor. Mae hi wirioneddol angen rhywbeth i lenwi'r bwlch."

"Paid ti â mentro!"

Gwenodd Elin ar Swyn a diflannu i fyny'r grisiau.

"W'sti be, mae hwnna *yn* syniad da," meddai Eleanor pan soniodd Elin amdano. "Allen ni dynnu cwpwl o luniau o Caswallon a gofyn i'n darllenwyr anfon lluniau o'u hanifeiliaid nhw wedi'u gwisgo i fyny aton ni. Allwn ni hyd yn oed gynnig gwobr am y llun gorau a chael Caswallon – hynny ydi, Seren – i feirniadu. Allen ni ddweud bod

Caswallon wedi cael pawen yn y broses, wrth gwrs." Gwenodd Eleanor yn llydan ar Elin.

"Syniad Swyn oedd o," cyfaddefodd Elin, yn benderfynol o fod yn onest.

"Ond ti soniodd amdano fo," meddai Eleanor gan gymryd y parsel oddi arni. "Os allwn ni gael gafael ar ffotograffydd addas, ddylen ni allu ei gynnwys yn y rhifyn nesa. Ac os ydi o'n unrhyw beth i'w wneud â Caswallon, mae gobaith y bydd Seren wrth ei bodd efo fo. Da iawn ti!"

Teimlai Elin wres cynnes llwyddiant yn llifo drwyddi wrth iddi wylio Eleanor yn cerdded i gyfeiriad swyddfa Swyn. Roedd y diwrnod a ddechreuodd mor drychinebus wedi gwella cryn dipyn!

Cystadlu

Bu Elin yn osgoi swyddfa Seren am weddill y bore, rhag ofn iddi ddod allan i bregethu, ond roedd y Golygydd a'r Is-olygydd yn llawer rhy brysur yn gwneud yn siŵr bod ganddyn nhw ddigon o ddeunydd ar gyfer y rhifyn nesaf. Wnaethon nhw ddim hyd yn oed ofyn am goffi am oesoedd, ond yn y diwedd tarodd Eleanor ei phen heibio'r draws a gofyn Elin nôl paneidiau iddyn nhw. Ar ôl i Elin wneud hynny, cafodd fynd i helpu Gloria a Carwen wrth iddyn nhw ddidoli atebion cystadleuaeth y mis diwethaf.

Cynhelid cystadleuaeth yn y mwyafrif o

129

rifynnau o *Calon*, a byddai Elin yn cystadlu ambell dro. Er ei bod hi'n anfon yr atebion cywir i mewn yn aml doedd hi erioed wedi ennill, felly roedd hi'n awyddus i weld sut roedd yr enillydd yn cael ei ddewis.

Yn y rhifyn diwethaf, y dasg oedd enwi aelodau o fand newydd oedd yn cael eu cyfweld yn y cylchgrawn. Roedd yr enwau i gyd yn yr erthygl, ond roedd yn anhygoel gweld cynnifer o atebion anghywir. Bu rhai o'r cystadleuwyr yn flêr, gan sillafu enw Scott gydag un 'T'. Gwrthodai Gloria adael iddynt ennill o ganlyniad, er bod Elin yn credu bod hynny braidd yn annheg. Roedd rhai o'r atebion mor hurt nes gwneud i rywun amau a oedd y cystadleuwyr wedi trafferthu i ddarllen yr erthygl o gwbl! Gwelodd Elin un ymgais â dim ond tri enw arni, er bod pum aelod yn y band.

Wrth wahanu'r atebion cywir oddi wrth y rhai â chamgymeriadau blêr, sylweddolai pa mor bwysig oedd cymryd gofal wrth gystadlu. Penderfynodd Elin gymryd gofal mawr dros bob un manylyn y tro nesaf y byddai hi'n cystadlu mewn unrhyw gystadleuaeth.

Roedd didoli'r atebion yn gwneud i Elin deimlo'n bwysig. Byddai'n erchyll petai hi'n gwneud camgymeriad ac yn rhoi atebion cywir yn y pentwr anghywir, felly cymerodd ofal mawr dros y dasg, ac yn ffodus cafodd lonydd i wneud hynny.

Fodd bynnag, nid Elin oedd yn cael dewis yr enillydd. Tynnu enw o het oedd y ffordd decaf o wneud hynny, gan fod cymaint o atebion cywir. Cadwai Gloria'r fraint honno iddi hi'i hun bob amser. Roedd Elin yn gwybod y byddai Carwen wedi hoffi'r dasg ond roedd hi, fel Elin, yn gorfod ufuddhau i Gloria. Edrychodd Elin yn llawn cydymdeimlad ar Carwen, yn y gobaith y byddai hynny'n gwneud i Carwen gynhesu tuag ati unwaith yn rhagor. Cafodd wên wan yn ôl ganddi, ac roedd hynny'n rhyddhad i

Elin. Teimlai fod bywyd yn rhy fyr i ddal dig, ac roedd hi'n falch fod Carwen fel petai hi'n teimlo'r un fath.

Yr eiliad y gorffennodd Elin baratoi'r ddau bentwr, cipiodd Gloria'r atebion cywir a'u rhoi mewn bag llaw mawr o Top Shop. Rhoddodd y bag i Carwen i'w ysgwyd. Caeodd Gloria'i llygaid a throi i ffwrdd. Yna estynnodd ei braich, teimlo am geg y bag a gwthio'i llaw i mewn iddo. Teimlai Elin yn siomedig nad oedd hi'n cael ymuno yn y dasg.

"Dyma ti!" dywedodd Gloria gan wneud sioe fawr o roi'r darn papur gyda'r ateb cywir arno i Elin. "Mae'r wobr ar fy nesg i. Rho hi mewn amlen drwchus, a cheisia roi'r cyfeiriad iawn arni hi. Defnyddia label cyfeiriad *Calon* yn hytrach na sgwennu'n flêr ar yr amlen. Synnen i damed petait ti'n gwneud rhywbeth fel'na."

Roedd y sylw cas yn brifo mwy am ei bod hi'n dweud y gwir. Roedd Elin wedi anghofio bod gan y cylchgrawn ei labeli printiedig ei hun. Gwridodd, a cheisio cuddio'i dryswch wrth sgrialu i nôl y wobr, sef cryno-ddisg cyntaf y band, poster a llun wedi'i lofnodi gan yr aelodau.

Wrth bacio'r amlen, sylwodd Elin nad oedd Gloria wedi ysgrifennu gair ar y slip cyfarch a roddwyd gyda'r wobr. Pan oedd Gloria wedi troi'i chefn, ysgrifennodd Elin nodyn i'r enillydd gan deimlo'n fentrus iawn. *Llongyfarchiadau!* ysgrifennodd. *Gobeithio y byddi'n mwynhau dy wobr. Cofia am y gystadleuaeth nesaf hefyd. Dydi'r ffaith dy fod ti wedi ennill unwaith ddim yn golygu na alli di ennill eto!*

Bu bron iddi ychwanegu *Oddi wrth Elin Cadwaladr*, cyn penderfynu bod hynny'n mynd gam yn rhy bell.

Paciodd Elin y wobr gan deimlo'n hapus ei bod hi wedi cael buddugoliaeth fechan dros y lleill. Yna aeth â'r parsel i lawr at Swyn. Roedd hi bron yn amser cinio, felly llwyddodd i ddianc o'r Swyddfa Olygyddol am sbel.

"Roedd Eleanor wrth ei bodd gyda dy syniad di am ffasiwn i anifeiliaid," meddai wrth Swyn, gan wenu. "Mae hi'n credu ei fod o'n syniad gwych, ac am ei gynnig i Seren. Sesiwn tynnu lluniau a chystadleuaeth."

"Do'n i ddim yn meddwl y byddet ti'n sôn amdano fo o ddifri!" atebodd Swyn yn ysgafn. "Dwn i ddim wir. Dyma ni dan fygythiad cynhesu bydeang, a cholli nifer o rywogaethau o anifeiliaid prin, a'r cyfan all ein cylchgrawn ni ei wneud ydi sgwennu erthyglau am ffasiwn i anifeiliaid!"

"Sgwn i *pwy* fydd yn sgwennu'r erthygl?" meddai Elin.

"Eleanor efallai," cynigiodd Swyn. "Os oes ganddi hi amser. Neu Gloria. Dwi'n siŵr ei bod hi'n dda iawn am sgwennu erthyglau dibwys, gwirion."

"Mi faswn *i'n* medru sgwennu erthygl dda iawn," meddai Elin yn feddylgar. "Mi faswn i'n tynnu llun o Caswallon wedi'i wisgo fel picsi a'i roi o wrth ochr un o'r lluniau 'na o anifeiliaid wedi cael eu cam-drin." Ystyriodd am eiliad. "Yna mi faswn i'n holi pam fod pobl sy'n caru anifeiliaid yn gwario ffortiwn ar stwff fel'na pan allen nhw fod yn helpu anifeiliaid sy wir angen eu help."

Edrychodd Swyn ar Elin. "Mi ei di'n bell gyda'r meddwl chwilfrydig 'na," meddai.

"Ti'n meddwl?" Gwridodd Elin yn hapus.

"Dwi'n gwybod. Ti'n llawn syniadau, drwy'r amser. Man a man i ni dderbyn bod rhywun yn rhywle wedi sgwennu am bob pwnc dan haul. Meddwl am ongl wahanol i ddal dychymyg y darllenydd ydi hanfod newyddiadurwr da."

Meddyliodd Elin am y geiriau ysgrifennodd ei thad yn yr hen lyfr nodiadau. *"Un diwrnod mi lwydda i,"* dywedodd yn benderfynol. "Fel ti a dy grochenwaith, Swyn." Taclusodd y bwrdd ar ôl bwyta'i chinio, a chodi. "Wel, well i mi fynd i weld be sy gan y dreigiau ar fy nghyfer i y pnawn 'ma. Wela i di wedyn!"

Roedd popeth yn dawel i fyny'r grisiau. Roedd cwpwl o siwtiau Caswallon ar ddesg Gloria, ac roedd hi wedi dechrau ysgrifennu'r erthygl. Clywai lais Carwen yn delio â pherson anodd ar y ffôn, a daeth Eleanor allan o swyddfa Seren yn edrych yn hapusach nag oedd hi wedi edrych drwy'r dydd.

"Ddywedaist ti dy fod ti wedi gorffen dy erthygl ar y Lewisiaid, yn do?"

Nodiodd Elin. "Mae o yn fy ffolder i ar y system."

"Mi gymera i gip rŵan," meddai Eleanor. "Gen i funud neu ddwy'n sbâr. Paid â diflannu i unlle tra dwi'n ei darllen hi. A phaid â phoeni," ychwanegodd wrth weld yr olwg nerfus ar wyneb Elin, "gall Gloria wastad ailsgwennu'r erthygl os nad ydi hi'n taro deuddeg."

Nid dyna beth oedd Elin am ei glywed, ond o leiaf roedd Eleanor yn mynd i ddarllen ei gwaith. Gallai hi fod wedi mynnu bod Elin yn ysgrifennu'r erthygl ar y cyd â Gloria, heb hyd yn oed roi cyfle iddi roi cynnig arni ar ei phen ei hun.

Tra oedd hi'n aros am farn Eleanor, dadbaciodd Elin focs mawr o grysau-T newydd sbon oedd wedi cyrraedd o'r Adran Ffasiwn. Byddai'r crysau-T ar werth yn fuan mewn siop gadwyn ar y stryd fawr, ac roedd *Calon* yn mynd i'w hadolygu. Hwyliodd Gloria heibio a chyffwrdd ag un ohonynt ag ewin oedd wedi'i beintio'n berffaith.

"Faswn i ddim yn gwisgo un o'r rheina am bris yn y byd," meddai'n fawreddog. "Ond mi aeth y dylunydd â Seren allan am ginio, mae'n siŵr." Ochneidiodd yn ddramatig gan giledrych ar Elin.

Ystyriodd Elin pa mor werthfawr fyddai adolygiad da i'r dylunydd ac i siopau'r stryd fawr. Efallai *fod* dylunwyr yn prynu cinio i Seren weithiau, ond gwyddai Elin na fyddai hynny'n lliwio'i barn. Sylweddolodd Elin am y tro cyntaf pa mor ddylanwadol oedd cylchgronau. Doedd Elin erioed wedi ystyried y gallai *Calon* liwio'i barn hithau hefyd, ond gwawriodd arni ei bod hi'n talu sylw i'r erthyglau a'r lluniau bob mis ac yn aml yn chwilio am eitemau roedd hi wedi darllen amdanyn nhw. Rhaid fod cylchgronau fel *Calon* yn bwysig iawn i siopau a dylunwyr dillad. Doedd dim rhyfedd eu bod nhw'n gwneud y fath ymdrech i gyrraedd tudalennau'r cylchgrawn.

Doedd Elin erioed wedi dangos unrhyw ddiddordeb mewn bod yn fodel, ond roedd gweld y casgliadau newydd cyn iddynt gyrraedd y siopau yn brofiad cyffrous. Byddai'n rhaid iddi gofio gofyn i Eleanor â gâi hi fenthyg dilledyn neu ddau. Châi hi byth ateb call gan Gloria na Carwen.

Wrthi'n clirio'r llwyth o bapur sidan a ddefnyddiwyd i bacio'r crysau-T oedd hi pan ymddangosodd Eleanor o rywle. Roedd golwg annarllenadwy ar ei hwyneb. "Gad hwnna!" cyfarthodd. "Tyrd at fy nesg i. Rŵan. Brysia!

Mewn dyfroedd dyfnion eto

"Oeddet ti'n meddwl o ddifri y byddai hwn yn gwneud y tro?" Welodd Elin erioed mo Eleanor yn edrych mor flin. "Ro'n i'n meddwl dy fod ti wedi darllen ein cylchgrawn ni?"

"Wrth gwrs mod i!"

"Wel, petai hynny'n wir, mi fyddet ti'n gwybod bod ein darllenwyr ni'n gwirioni ar Fflur a Ffion Lewis. Y peth ola maen nhw eisio'i ddarllen ydi rhywbeth sy'n awgrymu bod gan Fflur feddwl mawr ohoni'i hun."

"Beth? Wnes i ddim sgwennu dim byd o'r fath!"

Taflodd Eleanor ddwy dudalen o bapur ar ei desg. Llithrodd un ar y llawr a phlygodd Elin i'w godi. Allbrint o'i herthygl hi oedd o, gyda sylwadau wedi'u hysgrifennu arni mewn beiro goch. "Do mi wnest ti," meddai'n oeraidd. "Wnaiff ceisio camu i sgidiau dy dad trwy fod yn rhy glyfar ddim mynd â ti'n bell. Erthygl syml ro'n i eisio yn dweud dy fod ti wrth dy fodd yn cwrdd â'r Lewisiaid. Yn lle hynny – rhwng y darnau o sgwennu da – rwyt ti wedi rhoi dy farn am pam eu bod nhw'n chwalu – a chyn belled ag y gwela i, rwyt ti wedi dychmygu'r cyfan." Rhythodd ar Elin. "Mae gen i ddigon ar fy mhlât heb ddandlwn plentyn sy'n meddwl ei bod hi'n ohebydd ymchwiliol."

Cymerodd Elin gip sydyn ar yr erthygl. Bu bron iddi grio. "Ond nid dyma sgwennais i!" llefodd. "Ro'n i *wrth fy modd* efo Fflur *a* Ffion. Do, mi wnes i ofyn pam fod Ffion eisio astudio meddygaeth, ond . . ."

Doedd gan Eleanor ddim diddordeb ym

mhrotestiadau Elin. "Yn anffodus, bydd raid ni ddefnyddio'r erthygl 'ma rywsut neu gilydd oherwydd bod sesiwn tynnu lluniau Jo wedi cael ei ganslo. Heblaw fod Gloria ar ganol sgwennu'r erthygl ar anifeiliaid, mi faswn i'n dy yrru di adref a'i rhoi hi'n syth iddi hi, ond fedra i ddim gwneud hynny. Dwi ddim am i Carwen ddelio efo hi chwaith. Er gwaetha beth mae hi'n feddwl, nid golygu ydi'i chryfder hi."

Edrychodd Eleanor drwy Elin wrth iddi bwyso a mesur. Yna syllodd arni eto. "Y peth gwirion ydi fod y sgwennu'n dangos llawer o addewid." Doedd llais Eleanor ddim yn swnio fel petai'n canmol yn hytrach, swniai'n rhwystredig – ond llamodd calon Elin gan gael mymryn o gysur o'i geiriau.

Gwthiodd Eleanor y darn papur arall i'w chyfeiriad. "Beth bynnag, dwi wedi sgwennu nodiadau ar yr erthygl. Dos i'w hailsgwennu hi. Gall Gloria gymryd drosodd yr eiliad y bydd hi wedi gorffen, er mwyn gwneud yn siŵr bod yr erthygl yn ffit i'w chyhoeddi."

Wrth glywed ryw helbul ger desg y dderbynfa trodd y ddwy i weld beth oedd yn digwydd. Roedd dyn yn gwthio troli i mewn drwy'r drws, a Carwen yn dadlau efo fo, ond chwifiai yntau ddarn o bapur yn ei hwyneb.

"Chi oedd eisio'r dŵr 'ma!" gwaeddodd, gan geisio gwthio heibio iddi. "Eich archeb arferol ydi hi."

"Na, wnaethon ni ddim archebu cyflenwad newydd," meddai Gloria wrtho. "Wnaethon ni ganslo'r archeb am eich bod chi wastad yn hwyr!"

"Er mwyn popeth," cwynodd Eleanor. "Oes *raid* i mi wneud popeth fy hun?" Gadawodd Elin yn sefyll ar ei phen ei hun, a brasgamu'n flin at y dyn gyda'r troli.

Roedd Elin yn ymwybodol o'r helynt, ond wnaeth hi ddim troi i edrych – roedd hi ar dân eisio gwybod beth oedd wedi mynd o chwith gyda'i herthygl hi. Sut goblyn allai Eleanor fod wedi'i chamddeall hi mor ofnadwy?

Deallodd pam yr eiliad y darllenodd hi'r erthygl yn fwy gofalus.

"Mae rhywun wedi'i newid hi!"

Ei geiriau hi oedd y frawddeg gyntaf, ond wrth i Elin wibddarllen y dudalen gallai weld bod rhai o'r cyfeiriadau at y Lewisiad wedi cael eu newid yn gynnil; oherwydd hynny, roedd tôn yr erthygl yn wahanol iawn i'r hyn a ysgrifennodd hi. Roedd hi'n anodd credu gymaint o niwed y gallai newid ambell air ei wneud. Roedd dweud bod Fflur yn *oer a phell* tuag at ei chwaer yn gelwydd noeth. Yn yr erthygl, cyfeiriodd Elin yn ysgafn at y ffaith fod yr efeilliaid wedi sôn am sut yr arferent ddadlau pan oedden nhw'n blant ysgol. Roedd rhywun wedi dileu'r frawddeg a esboniai fod Fflur wedi cyfaddef – dan chwerthin – ei bod hi'n hoff o ddadlau, ond nad oedd pethau byth yn ddrwg rhyngddynt yn hir. Roedd y darn a ysgrifennodd Elin am ba mor hoff oedd yr efeilliaid o'i gilydd, a'u bod nhw'n deall ei gilydd i'r dim, wedi diflannu'n llwyr.

Bu bron i Elin feichio crio pan welodd hi beth ysgrifennwyd am Ffion. Roedd hi'n berson mor gynnes ac annwyl, oedd yn ystyried meddygaeth fel galwedigaeth, ond awgrymai'r erthygl mai mynd i'r brifysgol er mwyn sbeitio'i chwaer roedd hi. Roedd Elin yn torri'i chalon. Rhoddodd ei phen yn ei dwylo a rhythu ar y marciau beiro goch oedd yn blastar ar hyd y geiriau roedd rhywun arall wedi'u rhoi yn ei herthygl. Yna sbeciodd drwy'i bysedd ar y ddadl oedd yn dal i fynd yn ei blaen wrth y drws. Roedd Eleanor yn ymdopi â'r sefyllfa yn ei ffordd ddi-lol ei hun, tra oedd Carwen ar y ffôn.

Doedd o ddim yn deg fod bywyd y swyddfa yn mynd yn ei flaen fel arfer, er gwaetha'r ffaith bod Elin yn teimlo mor ddigalon. Byddai'n rhaid iddi ddod at ei choed. Gallai achub yr erthygl – a'r tro yma, byddai hi'n gwneud copi ohoni er mwyn sicrhau na ellid ei dinistrio eto. Wedyn byddai

Eleanor yn gweld y *gallai* Elin ysgrifennu'r union fath o erthygl oedd ei hangen. Byddai Elin yn gadael swyddfa *Calon* erbyn diwedd yr wythnos, a gwyddai nad oedd yn werth poeni tybed pwy newidiodd ei gwaith. Er hynny, allai Elin ddim peidio â dyfalu pwy oedd ar fai.

Tybed a'i syniad Gloria o jôc oedd hyn? Rhoddai'r argraff ei bod mor ffroenuchel, ond credai Elin ei bod hi'r un mor genfigennus â Carwen ynglŷn â'i chyfweliad â'r Lewisiaid. Yna gwawriodd syniad arall arni. Roedd Eleanor wedi dweud y byddai hi'n gofyn i Gloria roi sglein ar yr erthygl unwaith roedd Elin wedi'i gorffen hi. Efallai nad oedd Gloria wedi bwriadu i'r newidiadau fod yn jôc. Efallai'i bod hi wedi tanseilio Elin er mwyn iddi hi gael ysgrifennu'r erthygl yn ei lle hi. Gwyddai Elin mai po fwyaf o erthyglau y cyhoeddai rhywun, po fwyaf o gyfle oedd gan y person hwnnw o wneud enw iddo'i hun. Ond efallai fod Gloria wedi penderfynu mai gwastraff amser fyddai i disgybl ysgol ymddangos ar yr erthygl, ac y gallai hi elwa mwy o'r clod a ddeuai yn ei sgil.

Ysgogwyd Elin i adfer ei herthygl cyn gynted â phosibl. Roedd hi'n benderfynol o'i gwneud hi'n *berffaith* fel na fyddai gan Gloria esgus i'w hailysgrifennu hi. Aeth hi ddim i lawr grisiau i gael paned gyda Swyn y prynhawn hwnnw. Doedd ganddi ddim amser. Cyn gynted ag y gorffennodd yr erthygl, darllenodd hi unwaith eto cyn ei hargraffu. Aeth â'r copi at Eleanor, oedd yn ôl wrth ei desg erbyn hynny.

Darllenodd Eleanor ei gwaith yn gyflym ac roedd Elin ar bigau'r drain. "Gwell o lawer," meddai Eleanor yn fodlon. "Ti'n gallu sgwennu'n dda iawn pan wyt ti ddim yn tynnu'n groes." Cafodd Elin ei themtio eto i ddweud ei bod hi'n ddieuog, ond penderfynodd beidio. Y peth pwysicaf oedd bod yr Is-olygydd yn hoffi'i gwaith.

Gobeithio y byddai Seren yn ei hoffi hefyd er mwyn i'r erthygl gael ei chyhoeddi. Roedd meddwl am hynny'n llawer mwy cyffrous na hel meddyliau am rywun fu'n ymddwyn yn sbeitlyd.

Doedd ei mam ddim adref pan gyrhaeddodd Elin adref o'r gwaith. Gwnaeth ddiod iddi'i hun, a mynd â fo i'w llofft. Roedd Hannah ar-lein, felly paratôdd Elin am sgwrs hir.

Haia! Diwrnod da?

Gwych! atebodd Hannah. *Mwy o gywion wedi deor. Maen nhw mor annwyl. Sut ddiwrnod gest ti?*

Difyr! ysgrifennodd Elin. *Ddaru rhywun ddifetha'n erthygl i.*

O na!!! Manylion plis.

Teipiodd Elin yn wyllt. Dywedodd wrth Hannah beth ddigwyddodd, pwy roedd hi'n ei amau, a pha mor galed y bu'n rhaid iddi weithio i adfer ei herthygl.

Da iawn ti, meddai Hannah yn gadarnhaol.

Ddigwyddodd unrhyw beth cyffrous arall?

Cyrhaeddodd cyflenwad o ddŵr er bod yr archeb wedi'i chanslo.

Ha! Mae hi'n swnio'n draed moch yn eich swyddfa chi! ysgrifennodd Hannah. *Dylet ti gymryd yr awenau – byddai gwell siâp ar bethau wedyn!*

Oedodd Elin cyn ymateb. Roedd hi'n awyddus i amddiffyn y cylchgrawn, a doedd hi ddim yn draed moch yn yr Adran Olygyddol. Roedd gan Seren ac Eleanor safonau uchel, ac yn llwyddo i'w cynnal hefyd. Gallai Gloria a Carwen fod yn sbeitlyd ond doedd hynny ddim fel petai'n effeithio ar eu gwaith. Niwsans, dim mwy na hynny, oedd camgymeriad y cwmni dŵr. Gallai rhywbeth fel'na ddigwydd i unrhyw un. Yna cofiodd Elin am ymateb Seren ac Eleanor pan gollodd Melys y sesiwn tynnu lluniau hollbwysig. Nid niwsans oedd hynny. Roedd o'n bwysig ofnadwy. Fe gawson nhw sioc, ac roedden nhw wedi gwylltio.

Nid traed moch, ysgrifennodd, *ond anlwcus, ac mae cynnal amserlen dynn yn ddigon anodd heb i bethau fynd o chwith.*

Bu'n rhaid i Hannah fynd i gael ei swper, felly gorffennwyd y sgwrs a diffoddodd Elin ei chyfrifiadur. Eisteddodd a'i gên yn ei dwylo yn syllu ar y sgrin wag. Anlwc oedd y cyfan, *mwy na thebyg* – ond wnâi o ddim drwg iddi gadw'i chlustiau a'i llygaid ar agor. Wedi'r cwbl, difethwyd ei herthygl hi'n fwriadol a doedd ganddi ddim prawf i allu cyhuddo Gloria. Beth os oedd rhywun yn benderfynol o wneud drwg i'r cylchgrawn, yn hytrach na dim ond chwarae tric budr ar Elin? Roedd hi wedi credu mai ymosodiad arni hi'n bersonol oedd yr erthygl. Ond beth os nad dyna oedd o? Beth os oedd o'n rhan o rywbeth mwy – fel canslo'r sesiwn tynnu lluniau? Roedd y ddau beth yna, gyda'i gilydd, wedi achosi llawer mwy o waith ac wedi bygwth holl gynnwys y rhifyn nesaf. Byddai Elin yn teimlo'n euog iawn petai hi ddim yn dilyn ei greddf. A dyna oedd o, greddf; ac roedd Elin Cadwaladr yn berffaith sicr y dylai newyddiadurwraig dda wastad ddibynnu ar ei greddf.

Bwch dihangol

Rŵan ei bod hi'n chwilio am ddrwgweithredwr gwyddai Elin y byddai'n rhaid iddi fod yn ofalus. Un peth oedd greddf, ond os oedd 'na rywun yn gwneud difrod bwriadol i *Calon*, roedd arni angen prawf. Allai hi ddim cyhuddo neb heb brawf. Y peth cyntaf i'w wneud oedd llunio rhestr o enwau i weld a allai hi dynnu unrhyw un oddi arni. Tynnodd ei llyfr nodiadau allan o'i bag a throi i'r dudalen lle roedd ei thad wedi ysgrifennu ***Dibynna ar dy reddf***.

Syllodd Elin ar y geiriau. Iawn, ond byddai'n rhaid iddi beidio â derbyn gair neb.

Gallai ditectifs go iawn weld gwir gymeriad rhywun, nid beth roedden nhw am i chi ei weld.

Cydiodd Elin yn ei beiro orau ac ystyried am funud. Yna gwnaeth restr o'r holl bobl roedd hi'n eu hadnabod yn *Calon*.

Seren, Eleanor, Gloria, Carwen, Glyn, Swyn, Jo, Yncl Meurig. Roedd mwy o bobl yn gweithio yn adrannau eraill y cylchgrawn, ond dim ond y rhai yn yr Adran Olygyddol, y stafell bost a Glyn roedd Elin yn eu hadnabod. Gan mai un o'r staff technegol oedd Glyn, gweithiai mewn nifer o adrannau – felly penderfynodd Elin ofyn i Swyn a oedd yna bethau'n mynd o chwith mewn swyddfeydd eraill hefyd. Byddai Elin neu Glyn yn siŵr o wybod. Yna cofiodd Elin fod hyd yn oed y ddau ohonyn nhw dan amheuaeth, a gallai cwestiwn fel yna eu rhybuddio bod rhywbeth ar droed. Doedd bod yn dditectif ddim yn hawdd, meddyliodd.

Syllodd ar y rhestr, a chan na allai brofi

bod unrhyw un yn ddieuog, penderfynodd Elin gymryd pethau gan bwyll bach a ffrwyno'i dychymyg. Doedd dau beth yn mynd o chwith, er eu bod yn boendod, ddim yn profi bod rhywun yn cynllwynio yn erbyn y cylchgrawn. Dim ond am bedwar diwrnod arall y byddai hi'n gweithio i *Calon*, ac mae'n siŵr nad oedd unrhyw sail i'w hofnau. A ph'run bynnag, allai Elin ddim meddwl pam y byddai rhywun eisiau creu trwbwl yn fwriadol. Doedd hi ddim yn byw mewn stori dditectif. Doedd pethau fel'na ddim yn digwydd yn y byd go iawn.

Cyrhaeddodd Elin ychydig yn hwyr y bore canlynol, gan fod ei bws wedi cael ei ddal mewn traffig trwm. Er ei bod hi'n gwbl ddi-fai, disgwyliai Elin gael pryd o dafod gan rywun – ond dyna'r peth olaf oedd ar feddwl pawb. Roedd Gloria ac Eleanor ar eu cwrcwd o flaen y peiriant dŵr yfed, a gallai Elin weld darn mawr gwlyb ar y carped. Beth ar wyneb y ddaear oedd wedi digwydd?

"Elin!" bloeddiodd Eleanor, yr eiliad gwelodd hi. "Rhed i nôl tywelion papur. Brysia!"

Cymerodd Eleanor y tywelion papur ddaeth Elin o'r tŷ bach a'u defnyddio i sychu ychydig mwy o'r dŵr. "Hwda," meddai gan sefyll ac esmwytho'i sgert. "Caria di a Gloria yn eich blaenau. Bydd Seren yma mewn chwinc, a rhaid i mi wneud fy hun yn barod. Gwnewch beth bynnag fedrwch chi – iawn?"

"Be ddigwyddodd?" holodd Elin gan wneud ei gorau i sychu'r dŵr, ond doedd y tywelion papur yn dda i ddim.

"Mae 'na ryw ffŵl wedi stwffio llwyth o gwpanau i'r peiriant, ac oherwydd hynny mae'r dŵr wedi gollwng allan ohono," eglurodd Gloria. "Chdi wnaeth, mae'n siŵr."

"Wnes i mo'r ffasiwn beth!" protestiodd Elin yn chwyrn.

"Wel, mae 'na lwyth o bethau wedi mynd o

chwith ers i ti gyrraedd," meddai Gloria'n gyhuddgar wrth godi. "Felly cyn belled ag y gwela i, chdi sy ar fai." Brasgamodd tua'i desg a syllodd Elin ar ei hôl yn anghrediniol.

Sut goblyn all Gloria fy meio i? meddyliodd Elin yn gandryll. Yna saethodd ias drwyddi. Gellid beio'r rhan fwyaf o bethau aeth o chwith ar berson di-glem yn hytrach nag ar berson maleisus. Ac os oedd Gloria'n pwyntio bys ati hi, tybed a fyddai pawb arall yn gwneud 'run fath? Allai Elin ddim profi nad y hi oedd wedi stwffio'r cwpanau i'r peiriant dŵr, ac o'r ffordd roedd Gloria'n siarad, roedd yn amlwg y byddai pawb yn chwilio am rywun i'w feio am yr holl anlwc. Doedd Elin ddim eisiau cael bai ar gam a bod yn fwch dihangol, felly roedd yn rhaid iddi ddarganfod *pwy* oedd yn gyfrifol – a hynny ar frys.

Yna aeth pethau'n saith gwaeth. Daeth bloedd iasoer o gyfeiriad desg Gloria, a throdd Eleanor, Carwen ac Elin a rhythu.

Roedd dwylo Gloria dros ei cheg ac roedd hi'n syllu ar sgrin ei chyfrifiadur. "Fy erthygl! Mae'r geiriau wedi troi'n sgrwtsh!"

Cododd Eleanor a mynd draw at Gloria. "Be ti'n feddwl?" gofynnodd.

Dywedodd Gloria 'run gair dim ond pwyntio bys crynedig at y sgrin.

Edrychodd Eleanor arni. Gwelwodd am eiliad cyn edrych yn flin. "Er mwyn popeth, Gloria. Wedi bwrw botwm anghywir neu rywbeth wyt ti! Newidia'r teip yn ôl o'r sgrwtsh Wingdings 'na i dy ffont arferol." Dychwelodd Eleanor at ei desg a chodi cwpwl o daflenni yn ei dwylo. "Elin, dos â'r rhain i swyddfa Seren, os gweli di'n dda. Gwna'n siŵr fod y clustogau ar ei soffa hi wedi'u hysgwyd yn iawn hefyd. Mae'n gas ganddi weld y lle'n edrych yn flêr." Edrychodd yn feddylgar ar y carped gwlyb. "Mi ro i'r gadair o flaen y peiriant dŵr nes i'r carped sychu, rhag i neb sefyll arno."

Edrychodd Eleanor yn gas arni wrth i Elin

gymryd y papurau, a cheisiodd Elin edrych mor ddiniwed ag y teimlai. Pwy ar wyneb y ddaear oedd wedi gwlychu'r carped? A sut y gallai hi brofi ei bod hi'n ddieuog?

Wrth i Elin osod y papurau ar ddesg y Golygydd, sylwodd fod rhywfaint o lwch du arni. Sgubodd Elin y llwch â'i llaw, ond yn hytrach na diflannu lledaenodd y llwch yn farciau mawr hyll ar hyd y ddesg o bren golau. Estynnodd Elin hances boced er mwyn glanhau'r llanast. Ond roedd y llwch du ym mhobman, a pho fwyaf y rhwbiai Elin, po waethaf yr âi'r marciau. Ceisiodd Elin beidio panicio, ond doedd o ddim yn hawdd. Y peth diwethaf roedd hi ei angen oedd cael ei dal yn swyddfa Seren yn lledaenu marciau duon dros y ddesg berffaith!

Yna cofiodd am y clustogau y dywedodd Eleanor wrthi am eu hysgwyd. Aeth draw at y soffa a sylweddoli bod ei dwylo'n farciau duon i gyd. Allai hi ddim cyffwrdd â'r clustogau glas golau gyda dwylo budr!

Dyrnai ei chalon wrth iddi sylwi ar rywbeth arall. Roedd llwch du ar hyd y soffa ledr wen hefyd, ac roedd mwy fyth ar hyd y carped gwyn. Nid jôc oedd hyn, gobeithio. Clywodd Elin sŵn traed Seren yn agosáu, ac edrychodd ar ei dwylo budr. Doedd ganddi ddim gobaith o'i hamddiffyn ei hun. Byddai'n cael bai ar gam – doedd dim dwywaith am hynny.

Help llaw

Safai Seren yn nrws ei swyddfa yn syllu ar Elin. "Be wyt ti'n wneud yn stelcian yn fy swyddfa i?" gofynnodd yn siarp.

Ceisiodd Elin guddio'i dwylo budr y tu ôl i'w chefn. "Ym . . . gofynnodd Eleanor i mi roi ychydig o bethau ar eich desg chi ac ysgwyd eich clustogau, ond–"

"Ond allet ti ddim gwneud hynny heb fusnesu, yn y gobaith o ddod o hyd i rywbeth difyr i ddweud wrth dy Yncl."

"Na!"

"Dos o'ma! Mi wna *i* ysgwyd y clustogau fy hun . . ."

"Ond mae 'na . . ."

Gafaelodd Seren yn Caswallon a'i sodro yn ei fasged cyn tynnu ei chôt felen oddi amdani. Roedd hi ar fin ei thaflu ar y soffa pan floeddiodd Elin.

"Peidiwch!"

Syllodd Seren arni. "Ddrwg gen i?"

"Peidiwch â rhoi eich côt ar y soffa. Mae hi'n fud—"

Clywyd sgrech iasoer Gloriaïdd o'r swyddfa allanol. Rhewodd Seren ac Elin, yna taflodd Seren ei chôt at Elin. "Hongia 'nghôt i. Yna dos yn ôl at dy ddesg a phaid â symud cam oddi yno nes bod rhywun yn dweud wrthat ti. Dos!"

Edrychodd Seren ar Elin wrth iddi hongian y gôt gan geisio cymryd gofal i beidio â'i baeddu â'i dwylo budr. Safodd Seren o'r neilltu er mwyn i Elin fynd allan o'r swyddfa, yna dilynodd hi i weld beth oedd achos yr holl halibalŵ.

Roedd Eleanor ar y ffôn, a Gloria'n dal ei

phen yn ei dwylo. Doedd dim golwg o Carwen yn unman.

"Be ydi'r holl sŵn 'ma?" holodd Seren.

Rhoddodd Eleanor y ffôn i lawr a wynebu'r Golygydd. "Mae rhywbeth wedi mynd o'i le gyda rhaglen fformatio erthyglau'r cylchgrawn. Mi feddyliais i mai camgymeriad syml oedd o pan ddangosodd Gloria o i mi i ddechrau, ond erbyn hyn mae'n edrych yn fwy difrifol na hynny. Mae pob erthygl wedi newid. Mi geisiais i newid y ffont yn ôl o Wingdings i'n ffontiau arferol ni, ond mae'r fformat yn dal i fod yn anghywir. Dwi newydd ffonio'r Adran Gyfrifadurol i ofyn am help."

Cymylodd wyneb Seren, ond roedd ei llais yn bwyllog a than reolaeth. "Felly mae'r cynnwys yn iawn. Dim ond angen ei ailfformatio y mae o?"

"Ia, dwi'n meddwl," atebodd Eleanor. "Mi gymerith amser, ond mae'n bosib achub y gwaith. Dwi'n awyddus i'r Adran

Gyfrifiadurol wneud yn siŵr nad oes 'na unrhyw ddamweiniau bach annifyr eraill yn debygol o ddigwydd."

"Syniad da." Syllodd Seren o gwmpas y swyddfa allanol fel capten yn syllu ar ei long mewn storm, gan sylwi ar bob manylyn. Lledodd ei llygaid fymryn pan welodd y gadair o flaen y peiriant dŵr. "Gloria, rho'r gorau i strancio a gosoda'r gadair 'na'n ôl yn ei lle. Mae hi'n gwneud i'r lle 'ma edrych yn flêr."

"Fi roddodd hi yna," meddai Eleanor yn gadarn.

Culhaodd llygaid Seren. "Dwi'n cymryd bod rheswm da pam dy fod ti am ei gwneud hi'n anodd i'r staff gael diod o ddŵr?"

Teimlai Elin drueni dros Eleanor, ond roedd yr Is-olygydd yn ddigon atebol. "Mae'r peiriant dŵr yn gollwng," meddai'n frysiog. "Mae'r carped yn wlyb, a do'n i ddim am i neb sathru arno nes ei fod wedi sychu."

Crychodd Seren ei thalcen. "Os aiff

rhywbeth arall o'i le yn y swyddfa 'ma, mi fydda i'n ystyried bod rhywun yn ceisio rhwystro'r cylchgrawn rhag cael ei gyhoeddi. Bydd y person hwnnw'n cael ei ddiswyddo ar unwaith. Ydi pawb yn deall?"

Roedd Elin eisiau cytuno â hi, ond trodd Seren i edrych arni a theimlodd Elin ei hun yn crebachu yn erbyn y wal. Ddywedodd hi 'run gair nes i Seren ddiflannu i mewn i'w swyddfa. Yna gwyddai fod yn *rhaid* iddi ddweud rhywbeth. "Eleanor!"

"Be rŵan?"

"Pan es i mewn i swyddfa Seren gynnau, roedd 'na bowdwr du ym mhobman." Dangosodd Elin ei dwylo i Eleanor. "Wrth i mi geisio'i lanhau oddi ar y ddesg, mi wnes i fwy o lanast. Dwi . . . dwi ddim yn gwybod be ydi o, ond mi lwyddais i rwystro Seren rhag taflu'i chôt ar y soffa . . . Dwi'n cytuno bod *rhywun* yn ceisio creu hafoc swyddfa 'ma. Nid fi sy wrthi, ond does gen i ddim syniad pwy sy ar fai . . ."

Roedd Eleanor wedi rhoi'r gorau i wrando. "Dos o ngolwg i, Elin. Alla i wneud heb dy 'help' di." Prysurodd Eleanor tua swyddfa'r Golygydd heb yngan gair arall. Roedd golwg bryderus iawn ar ei hwyneb.

Daliai Gloria i eistedd wrth ei desg a golwg wedi dychryn arni, a doedd dim golwg o Carwen. Gan nad oedd Eleanor ei heisiau hi, doedd yna ond un lle arall y dymunai Elin fod. Aeth allan o'r swyddfa ac anelu am y lifft.

Yn ffodus i Elin, doedd neb yn y lifft a chafodd Elin gyfle i ystyried. Doedd hi ddim am geisio ymddwyn fel ditectif i ddod o hyd i bwy bynnag oedd wrthi. Yn hytrach, bwriadai ddilyn ei greddf yn llwyr. Roedd Elin angen clust i wrando, a'r glust honno oedd Swyn. Go brin y gallai *Swyn* fod wedi creu'r ffasiwn lanast yn y Swyddfa Olygyddol. Roedd hi'n gwbl ddieuog, fel Elin ei hun.

Camodd Elin allan o'r lifft ar y llawr

gwaelod gan anelu am yr ystafell bost.
Byddai Swyn yn gwybod beth i'w wneud.

Dechrau datrys pethau

Gwenodd Swyn ei gwên arferol wrth i Elin gerdded i mewn i'r swyddfa bost, ond pylodd y wên honno pan welodd hi wyneb Elin.

"Be goblyn sy'n bod?"

Gan osgoi'r bocs mawr a anfonwyd i'r swyddfa gan gynllunydd dillad enwog, camodd Elin y tu ôl i ddesg Swyn. Eisteddodd wrth y bwrdd gan wthio'r pentwr post roedd Swyn wedi bod yn ei ddidoli o'r neilltu.

"Ro'n i'n meddwl mod i'n dod i le gwych i wneud fy mhrofiad gwaith, ond mae hi fel bedlam yma!"

Cydiodd Swyn mewn pecyn o fisgedi a'i osod o flaen Elin. Cymerodd Elin fisged a brathu i mewn iddi gan siarad drwy'r briwsion. "Dwi wedi gwneud fy ngorau glas i fod yn wrthrychol, ond fedra i yn fy myw ddeall be sy'n digwydd yn y lle 'ma. Dwi'n siŵr nad ti a Glyn sy'n gyfrifol, ond alla i ddim gweithio allan pwy sy ar fai! Ro'n i'n amau Gloria am sbel, ond mae hi wedi cael sterics. Wedyn mi wnes i ddechrau amau falle bod gan Eleanor asgwrn i'w grafu am na chafodd hi swydd Seren – fel dywedaist ti – ond mae hi wedi bod yn reit glên efo fi."

"Gan bwyll, Elin." Rhoddodd Swyn y tegell i ferwi, a chymryd y post oddi ar Elin. Gorffennodd ddidoli'r pentwr yn gyflym cyn eistedd i wynebu ei ffrind. "Lle mae dy dystiolaeth di? Dwi'n meddwl y byddai'n well i ti ddechrau o'r dechrau, ac os wyt ti'n bwriadu fy nghyhuddo i a Glyn o rywbeth, gei di roi'r gorau i fwyta 'misgedi i," meddai Swyn mewn llais pigog.

"Sori," meddai Elin, gan wthio'r pecyn bisgedi at Swyn.

"Mae'n iawn. Rwyt ti'n amlwg wedi cynhyrfu."

Cymerodd Swyn fisged a gwthio'r pecyn yn ôl. "Beth am i ti ddechrau yn y dechrau, a dweud y cyfan wrtha i," meddai'n bwyllog.

Dyna wnaeth Elin. Soniodd am y modd y cafodd ei herthygl ei newid, y problemau gyda'r archeb dŵr, trychineb y sesiwn tynnu lluniau, a datblygiadau dramatig y dydd. "Edrycha ar fy nwylo i," meddai Elin gan roi ei bisged i lawr a dangos ei bysedd budr i Swyn. "Mae rhywun yn trio rhoi bai ar gam arna i. Ond sut alla i brofi nad y fi wnaeth y llanast yn swyddfa Seren, a'r fath olwg arna i?"

"Eleanor wnaeth dy yrru di i swyddfa Seren, ia?" holodd Swyn.

Edrychodd Elin yn bryderus. "Ia. *Gallai* hynny awgrymu mai hi sy'n ceisio taflu'r bai arna i, ond dwi'n amau hynny," atebodd Elin.

"Dwi'n meddwl y basai'n syniad da i ti fynd i olchi dy ddwylo, a phwyllo tipyn bach," cynghorodd Swyn. "Dos. Fydda i'n dal yma pan ddoi di'n ôl."

Derbyniodd Elin ei chyngor, a theimlai ychydig yn well ar ôl sgwrio'r marciau duon oddi ar ei dwylo. Ond wedi iddi fynd yn ôl i'r ystafell bost at Swyn, gwawriodd syniad arall arni. "Dywedodd Eleanor nad oedd hi angen fy 'help' i pan awgrymais i fod rhywun yn gwneud ei orau i ddinistrio'r cylchgrawn," meddai wrth Swyn, gan deimlo'n bryderus. "Dwi'n gobeithio nad Eleanor sydd ar fai, ond dwi'n dechrau amau mai hi ydi'r drwg yn y caws."

Ochneidiodd Swyn. "Rhaid i ti fod yn hollol siŵr o dy ffeithiau cyn i ti gyhuddo neb," meddai. Ystyriodd am ennyd cyn estyn am ei ffôn symudol. "Dwi'n mynd i decstio Glyn. Rydan ni angen help i fynd at wraidd hyn."

"Does dim pwynt," meddai Elin yn benisel.

"Mi fydd o i fyny'r grisiau am oes pys yn delio efo'u problemau cyfrifiadurol nhw."

"Wel, bydd raid i ni wneud ein gorau i ddatrys y dirgelwch ein hunain nes y daw o, felly," dywedodd Swyn.

Fodd bynnag, cyrhaeddodd Glyn cyn bo hir. Doedd y problemau cyfrifiadurol ddim wedi bod yn rhy anodd i'w datrys. Roedd rhywun wedi newid ffontiau'r cylchgrawn i ffont Wingdings. "Y ffont sydd â'r holl sgwigls disynnwyr yna," eglurodd Glyn. "Wnaeth Gloria banicio, pwyso'r botymau anghywir ac yna panicio'n waeth, ond mi lwyddais i ddatrys y broblem yn reit handi. Roedd y fformat yn iawn yn y bôn. Weithiau mae o'n mynd yn rhyfedd am ddim rheswm. Hynny a'r Wingdings gododd ofn arnyn nhw, ond mae popeth yn iawn erbyn hyn."

Agorodd Swyn becyn arall o fisgedi. "Mi bryna i'r paced nesa," addawodd Elin.

"Felly . . ." meddai Glyn, gan gymryd mygaid o goffi gan Swyn ac eistedd i lawr.

"Be ydi'r broblem, Elin?"

"Nid fy mai i ydi dim o'r hyn sy wedi digwydd," meddai Elin ar ôl iddi egluro popeth. "Ond ar ôl i mi gyrraedd y dechreuodd pethau fynd o chwith, felly dwi'n siŵr eu bod nhw i gyd yn meddwl mai fi sy ar fai." Ochneidiodd. "Mewn ffordd, does 'na fawr o ots achos mi fydda i'n gadael mewn ychydig ddyddiau, ond bydd Yncl Meurig yn meddwl mod i'n dda i ddim, a dydw i ddim am iddo fo feddwl hynny. Newydd ddechrau dangos diddordeb yn Mam a fi eto mae o, a fo ydi'r unig deulu sy gynnon ni ar ôl."

Crychodd Glyn ei dalcen. "Wel, dydw i ddim yn credu y cei di dy gyhuddo o bopeth, Elin, ond gad i ni fynd yn ôl i'r tro cyntaf yr aeth rhywbeth o'i le. Dweda wrtha i mor fanwl â phosib be ddigwyddodd y diwrnod y cafodd y sesiwn tynnu lluniau 'i ganslo."

Adroddodd Elin bopeth y gallai hi ei gofio am y diwrnod, hyd at y pwynt pan ofynnodd Eleanor iddi ddod o hyd i rif ffôn y cwmni dŵr er mwyn iddi hi ganslo'r archeb. "Ai hwnna oedd y tro cyntaf i ti ddefnyddio cronfa ddata i ddod o hyd i rif ffôn?" gofynnodd Glyn, gan dorri ar ei thraws.

Crychodd Elin ei thalcen mewn penbleth. "Ia, ond dydi o ddim yn anodd. Dydw i ddim yn dwp."

Gwenodd Glyn arni, yn llawn cydymdeimlad. "Wn i. Trio edrych ar y broblem o wahanol onglau ydw i. Felly mi wnest ti ddeialu rhif ffôn y cwmni dŵr, a phasio'r ffôn i Eleanor. Beth petait ti *wedi* cael y rhif yn anghywir mewn camgymeriad?"

"Gan bwyll," meddai Swyn. "Petai Eleanor wedi mynd drwyddo i'r rhif anghywir, byddai wedi sylweddoli yr eiliad y clywodd hi'r person ar ben arall y llinell. Mae'r rhan fwyaf o bobl yn dweud enw'r cwmni pan maen nhw'n ateb y ffôn, tydyn?"

"Mae hynny'n wir," meddai Elin, gan geisio bod yn deg. "Ond roedd y swyddfa fel ffair. Tra oedd Eleanor yn gwneud yr alwad roedd hi'n delio efo Gloria, yna mi dorrodd Carwen ar ei thraws gyda neges bwysig, ac roedd hi'n ceisio sgwennu erthygl ar yr un pryd. Doedd hi ddim yn canolbwyntio."

Bu tawelwch am eiliad, cyn i Glyn siarad eto. "Os oedd yr holl helbul wedi effeithio ar Eleanor, ella'i fod o wedi effeithio arnat tithau gan achosi i ti ddeialu'r rhif anghywir."

"Dim ffiars o beryg! Nid fy mai i ydi o!" mynnodd Elin. "Yli, petai fy nghyfrifiadur gen i yma mi fedrwn i ddangos i ti sut y dois i o hyd i'r rhif ar y gronfa ddata. Mi alla i hyd yn oed gofio rhywfaint ohono. Roedd 'na sawl chwech a dau ynddo fo. Dwi'n un dda am gofio rhifau."

Plygodd Glyn ac estyn ei liniadur. "Mi alla i gysylltu â'r gronfa ddata o fan hyn," meddai. "Gadewch i ni gael sbec."

Roedd Glyn wedi cael mynediad i'r gronfa ddata mewn chwinciad, a dechreuodd chwilio am rif y cwmni dŵr yn yr adran gysylltiadau.

"Drychwch!" pwyntiodd Elin ei bys at y sgrin. Edrychodd pawb. Cwmni Gloywddŵr. Ac oedd, *roedd* 'na sawl rhif chwech a rhif dau ynddo fo.

Crafodd Glyn ei ben. "Mae hwnna'n reit glir." Tynnodd ei ffôn o'i boced. "Gadewch i ni ei ffonio fo." Deialodd Glyn y rhif ac aros iddo ganu. Lledodd ei lygaid mewn syndod pan atebwyd yr ffôn.

"Be sy?" hisiodd Swyn ond anwybyddodd Glyn hi.

Roedd Elin yn ysu i wybod beth oedd yn cael ei ddweud.

Cliriodd Glyn ei wddf. "Mae'n ddrwg gen i," meddai. "Efo pa gwmni dwi'n siarad?" Gwrandawodd yn astud. "Modelau Gloywrudd. Mae'n ddrwg iawn gen i. Dwi wedi deialu'r rhif anghywir, mae'n amlwg." Ar ôl rhoi'r ffôn i lawr, trodd Glyn at y merched. "Glywsoch chi hynna?"

Rhoddodd Elin ei llaw dros ei cheg mewn dychryn. "Dwi'n siŵr mai Gloywrudd ydi

175

enw cwmni modelu Melys. Ei hapwyntiad hi ganslwyd mewn camgymeriad. Mae hyn yn erchyll! *Fi* wnaeth y camgymeriad! Rhaid fod Eleanor wedi canslo'r apwyntiad yn lle'r archeb dŵr!

"Wel, nid dy fai di ydi o," meddai Swyn. "Bai Eleanor ydi o am beidio â chanolbwyntio a gofyn efo pwy roedd hi'n siarad. Mae bai hefyd ar y person wnaeth lanast o roi'r rhifau ffôn yn y gronfa ddata. Neu ella fod y ffeil wedi cael ei llygru mewn rhyw ffordd."

"Neu ella fod *rhywun* wedi'i llygru hi'n fwriadol," ychwanegodd Glyn wrth i'w fysedd hedfan dros allweddell ei liniadur. "Allai neb ragweld y byddai rhoi'r rhifau anghywir yn y gronfa ddata yn arwain at ganslo sesiwn tynnu lluniau. *Calon* fu'n anlwcus yn hynny o beth, ond yr un math o sbeit sy y tu ôl i newid y ffontiau a gwneud llanast o dy erthygl di, Elin. Dwi'n meddwl mai'r un person sy'n gyfrifol am boetsian efo'r cyfrifiaduron – ac mi wn i sut i ddarganfod pwy wnaeth!"

"Ro'n i'n gwybod y gallet ti helpu," meddai Swyn.

"Mi wnest ti ddefnyddio cyfrinair i fynd i mewn i'r system pan ddechreuest ti weithio yma, yn do?" gofynnodd Glyn.

Nodiodd Elin. "Efo chdi ro'n i pan wnes i ei ddewis o."

"Ia, wrth gwrs. Wnest ti ei gadw fo'n gyfrinach?"

Nodiodd Elin eto.

"Da iawn. Mae gan bawb gyfrinair, ac wrth i rywun logio ymlaen mae'r system yn cymharu dy enw defnyddiwr di efo'r cyfrinair. Os ydyn nhw'n cyfateb, yna rwyt ti'n cael defnyddio'r system."

"'Dan ni'n gwybod hynny!" meddai Swyn yn ddiamynedd.

"Ond ella nad ydach chi'n gwybod bod cof y cyfrifiadur yn logio pob newid mae rhywun yn ei wneud. Mae'r enw a'r dyddiad yn cael ei nodi ger pob newid."

177

"Be sy'n digwydd os ydach chi'n defnyddio cyfrifiadur rhywun arall?" holodd Swyn.

"Y cyfarwyddyd ges i oedd logio allan os o'n i'n gadael fy nesg," meddai Elin. "A dwi wedi gweld pobl eraill yn gwneud yr un fath."

"Felly, hyd yn oed petai'r dihiryn yn defnyddio cyfrifiadur rhywun arall, byddai'n dal i orfod logio ymlaen a byddai'r system yn adnabod y person. Dwi'n gwybod sut i ddod o hyd i'r wybodaeth yna, yn wahanol i'r mwyafrif o bobl. Be oedd enw ffeil dy erthygl di, Elin?" gofynnodd Glyn.

Dywedodd Elin wrtho, a bwydodd Glyn yr enw i mewn i dudalen na welodd Elin mohoni erioed o'r blaen. Mewn chwinciad, fflachiodd rhestr hir o ddata i fyny ar sgrin ddu gydag enwau a dyddiadau ger pob un.

"Drychwch," meddai Glyn. "Mae pob llinell o ddata'n dangos y newidiadau a wnaed i dy erthygl di."

"Y fi wnaeth nifer o'r newidiadau yma," meddai Elin. "Ond wedyn, fi sgwennodd yr erthygl."

"Ond edrycha ar y rhain," meddai Glyn. Yn sydyn, gwelodd Elin fod rhywun arall wedi gwneud nifer o newidiadau ar yr un dyddiad. Syllodd Elin ar y sgrin, ond doedd hi ddim yn deall y data. Wyddai hi ddim beth oedd enw defnyddiwr neb heblaw ei henw hi'i hun.

Chwibanodd Glyn yn isel gan ysgwyd ei ben. "Nefi wen!" meddai.

Dechreuodd calon Elin guro'n gyflym. "Be?" holodd. "Dydw i ddim yn deall. Wyt ti'n gwybod pwy newidiodd fy erthygl i?"

"Yli," pwyntiodd Glyn at yr enw defnyddiwr. "Mae o'n amlwg."

"Ond pwy yn y byd ydi *genethglam*?" llefodd Elin.

"Sori," atebodd Glyn. "Dwn i ddim be ydi cyfrinair neb, ond dwi'n gwybod be ydi enw defnyddiwr pawb. Carwen ydi honna."

"Carwen!" meddai Elin yn syn. "Ond roedd hi'n iawn ynglŷn â'r cyfweliad," meddai. "Roedd hi'n genfigennus ar y dechrau, ond mi ddaeth ati'i hun. Roedd hi am glywed y manylion i gyd. Ro'n i'n meddwl mai Gloria oedd yn gyfrifol. Dydi honno erioed wedi fy hoffi i."

Edrychai Swyn yn ddifrifol. "Alli di edrych ar weddill y stwff?"

"Wrth gwrs," meddai Glyn. "Mi edrycha i ar y broblem efo'r ffontiau i ddechrau."

Daliodd Elin ei gwynt wrth i Glyn chwilio am y ffeiliau cywir. Dim ond ychydig funudau gymerodd o. Roedd y ffontiau wedi'u newid yn gynnar y bore hwnnw.

"*Genethglam*," meddai Swyn, ei llais yn fflat fel crempog.

"Ond pam?" holodd Elin. "Mae gan Carwen swydd y byddai llwythi o bobl wrth eu bodd yn ei chael.

Cododd Swyn ei hysgwyddau ac ysgydwodd Glyn ei ben, a golwg ddifrifol ar ei wyneb erbyn hyn. "Rhaid i mi edrych ar y gronfa ddata rŵan," meddai. "Mae nifer o bobl yn newid darnau ohoni wrth i'r wybodaeth newid, ond bydd enw'r defnyddiwr ger pob newid. Mater bach fydd darganfod pwy oedd yr ola i newid yr wybodaeth am y peiriant dŵr." Bu Glyn wrthi'n brysur am ychydig funudau, a'r merched yn ei wylio'n bryderus. Pan ddaeth Glyn o hyd i'r ffeil, chafodd neb syndod o weld pwy oedd yn gyfrifol.

"Carwen unwaith eto."

"Dyna ni," meddai Swyn. "Mae gen ti ddigon o dystiolaeth, Elin. All neb dy feio di am ddim byd rŵan. Rhaid mai Carwen oedd y gyntaf i gyrraedd y swyddfa – mi aeth hi ati'n syth i newid y ffontiau, gwlychu'r carped, a gollwng rhywbeth du afiach dros bopeth yn swyddfa Seren. Mae'r cyfan yn amlwg rŵan."

Roedd Glyn yn dal i edrych yn ddifrifol. "Be sy'n fy mhoeni i," meddai, "ydi faint rhagor o'r gronfa ddata mae hi wedi'i newid. Mi gymerith oesoedd i fynd drwy gof y cyfrifiadur, ac yn y cyfamser bydd y cylchgrawn yn dal i ddefnyddio'r data anghywir." Caeodd Glyn ei liniadur. "Bydd raid mynd drwy'r holl wybodaeth â chrib fân. Mae hi'n broses hir a drud, a gallai rhagor o gamgymeriadau ddigwydd yn y cyfamser. Elin, rhaid i ni'n dau fynd i siarad efo Seren ar unwaith."

Cyhuddo'r dihiryn

Roedd stumog Elin yn troi wrth iddi esgyn yn y lifft. Gwyddai fod Glyn yn llygad ei le. Roedd holl adrannau'r cylchgrawn yn dibynnu ar y gronfa ddata am gymaint o bethau – cysylltiadau busnes, manylion staff, hysbysebwyr a chyflenwyr – yr holl ddarnau bach o wybodaeth oedd yn sicrhau bod y cylchgrawn yn rhedeg yn effeithiol. Gallai gymryd achau i gywiro popeth, a hyd nes digwyddai hynny allai neb ddibynnu ar yr wybodaeth. Roedd yn rhaid i Seren gael gwybod beth oedd wedi bod yn digwydd yn ei hadran, ond doedd Elin ddim yn edrych ymlaen at dorri'r newyddion drwg.

Roedd hi'n anarferol o dawel yn yr Adran Olygyddol. Ceisiodd Elin ddyfalu beth oedd yn bod. Yna sylweddolodd fod newidiadau mawr wedi cael eu gwneud. Roedd Seren yn eistedd wrth ddesg Eleanor gyda Caswallon mewn basged wrth ei thraed, Eleanor yn defnyddio desg Gloria, a Gloria'n rhannu desg y dderbynfa gyda Carwen. Edrychai Gloria hyd ̇yn oed yn fwy difrifol nag arfer, ac edrychodd Carwen draw wrth iddyn nhw ddod i mewn.

"Rhaid bod Seren wedi symud o'i swyddfa tra bod y lle'n cael ei lanhau," sibrydodd Elin wrth Glyn.

Roedd gan Seren bentwr o luniau ffasiwn ar ei desg, ac roedd hi'n palu drwyddynt gan dderbyn rhai a gwrthod eraill. Edrychodd i fyny'n flin pan welodd Glyn ac Elin yn agosáu.

"Mae'n rhaid i ni gael gair efo ti," meddai Glyn gan anwybyddu hwyliau drwg Seren.

184

"Yn breifat."

Edrychodd Seren drwyddynt. "Siaradwch gydag Eleanor," atebodd. "Gall hi ddweud wrtha i os ydi'r mater yn ddigon pwysig i haeddu fy sylw i."

Teimlai Elin yn flin. Roedd hi wedi magu digon o asgwrn cefn i siarad â Seren, a doedd hi ddim yn mynd i gael ei bwrw oddi ar ei hechel. "Dylai Eleanor gael clywed hefyd," dywedodd wrth Seren. "Ond mi ddaethon ni atoch chi yn gynta gan mai chi ydi'r bòs."

Culhaodd llygaid Seren. Anwybyddodd Elin a throi at Glyn. "Wel?"

"Rydan ni'n gwybod pwy sydd wedi bod yn gwneud niwed i'r Adran," meddai mewn llais isel. "Mae'r person yma wedi bod yn bwydo'r wybodaeth anghywir i'r gronfa ddata, ymysg pethau eraill."

"Gallai hyn wneud niwed difrifol i'r cylchgrawn cyfan," ychwanegodd Elin ar frys.

Edrychodd Seren i fyw llygaid Elin am y

tro cyntaf. "Dydw i ddim angen i *ti* o bawb ddweud wrtha i beth allai fod yn ddifrifol," meddai.

Gwridodd Elin.

Gwaeddodd Seren ar yr Is-olygydd. "Eleanor!"

Cododd hithau ar ei thraed ac ymuno â nhw. "Mae gan Glyn wybodaeth bwysig i ni," meddai Seren. "Awn ni i Ystafell y Bwrdd Rheoli. Elin, dos i nôl coffi i ni."

"Mi fydd angen i Elin fod yno hefyd," meddai Glyn yn gyflym. "Hi dynnodd fy sylw i at hyn."

Cododd Seren ei haeliau, ond wnaeth hi ddim gwrthwynebu. Rhoddodd Eleanor yr archeb goffi i Gloria ac aeth Elin, Seren a Glyn ar ei hôl i lawr y coridor i Ystafell y Bwrdd Rheoli.

Fu Elin erioed yno o'r blaen, ac edrychodd o'i chwmpas yn chwilfrydig. I'r fan hon y deuai Yncl Meurig i gael cyfarfodydd efo Seren a gweddill aelodau'r Bwrdd. Gwnaed penderfyniadau pwysig yma. Roedd bwrdd mawr pren golau, gloyw, yng nghanol yr ystafell a chadeiriau wedi'u gosod yn ddestlus o'i gwmpas. Arhosodd Seren i Glyn dynnu cadair allan iddi gael eistedd arni wrth ben y bwrdd. Aeth Eleanor a Glyn i eistedd ar y naill ochr a'r llall i Seren. Oedodd Elin am eiliad cyn mynd i eistedd wrth ochr Glyn.

"Reit," meddai Seren gan edrych ar Elin. "Well i hyn fod yn werth chweil. Dim cario clecs plentynnaidd, plîs."

Llyncodd Elin ei phoer. Plethodd ei dwylo o dan y bwrdd a chanolbwyntio. Yna cofiodd am eiriau cyntaf ei thad yn ei lyfr nodiadau. *Galli di wneud hyn*. Tynnodd anadl ddofn cyn dechrau siarad.

"Yr *un* person sy'n gyfrifol am y cyfan," meddai. "Canslo sesiwn tynnu lluniau Melys, y problemau gyda'r ffontiau a'r . . . a'r powdwr du yn eich swyddfa chi."

Edrychai Seren yn flin fel tincer. "Bydd angen i ti gyflwyno tystiolaeth arbennig o dda cyn mod i'n fodlon derbyn dy air di yn erbyn gair aelod o'r staff," cyfarthodd.

Camodd Glyn i'r bwlch i achub croen Elin. Agorodd ei liniadur a dangos i Seren beth oedd o wedi'i ddarganfod.

"Mae'n bosib fod rhywun arall wedi cael gafael ar gyfrinair ac enw defnyddiwr Carwen ac wedi ceisio rhoi'r bai ar gam arni," meddai Seren yn feddylgar.

"Mae hynna'n bosib," cytunodd Glyn. "Ond gallwn ni brofi bod yr un sy'n gyfrifol wedi logio ymlaen yn gynnar iawn bore 'ma a'i bod hi wedi newid y ffontiau. Ond er mwyn gwlychu'r carped a baeddu dy swyddfa di, byddai'n rhaid iddi fod wedi dod i mewn yn gynnar ofnadwy – cyn neb arall."

"Mae 'na gamera CCTV ym mhrif fynedfa'r adeilad," meddai Seren. "Eleanor, gofynna i rywun edrych ar y ffilm. Bydd hwnnw'n dangos ai Carwen oedd y gyntaf i mewn heddiw."

Ffoniodd Eleanor y brif fynedfa ac egluro'i

neges. "Iawn, mi wna i aros ar y ffôn," meddai.

"*Toner* o'r argraffydd yn fy swyddfa i oedd y powdwr du dros bob man," eglurodd Seren gan dorri ar y tawelwch wrth i Eleanor aros am yr wybodaeth angenrheidiol. "Mae'n siŵr y bydd olion bysedd ar y cynhwysydd gwag oedd yn fy masged sbwriel i."

"Dwi ddim yn ddeall . . ." dechreuodd Elin.

Trodd Seren i syllu'n galed ar Elin gan wneud iddi wrido.

"Wel, pam fyddai hi'n gwneud yr holl bethau 'ma dim ond am fy mod i wedi cael gwneud y cyfweliad? Dwi'n gwybod ei bod hi'n genfigennus ohona i, ond pam baeddu eich swyddfa chi?"

Gwenodd Seren yn gam ar Elin. "Mae'r diwydiant yma'n un anodd," eglurodd, a thinc caredig yn ei llais am y tro cyntaf.

Nodiodd Elin.

"Mae o'n effeithio ar bobl mewn gwahanol ffyrdd," ychwanegodd Seren. "Mae llawer yn llwyddo, ond mae nifer fawr yn methu. Mae rhai'n cael llond bol ac yn gadael, tra bod eraill yn troi'n gas ac yn mwynhau gweld y difrod maen nhw'n ei greu. Bydd gan Carwen ei rhesymau am wneud hyn. Ella ei bod wedi digio am fy mod i wedi dewis Gloria yn gynorthwy-ydd personol i mi, yn hytrach na hi – yn enwedig gan mai dim ond ers ychydig fisoedd mae Gloria wedi bod yma. Gall rhywbeth fel'na dynnu blewyn o drwyn rhywun. Mae'n amheus gen i mai o dy herwydd di'n unig mae hi wedi bod yn ymddwyn fel hyn. Dwyt ti ddim mor bwysig â *hynna*."

Gwridodd Elin eto.

Diffoddodd Eleanor y ffôn ac edrychodd pawb arni. "Carwen oedd un o'r bobl gyntaf i ddod i mewn i'r adeilad heddiw," dywedodd. "A hi'n bendant oedd y person cyntaf i gyrraedd ein swyddfa ni."

"Petai Carwen yn dysgu sut i sianelu'i theimladau mewn modd mwy positif, gallai fynd yn bell," atebodd Seren mewn llais oeraidd. "Ond nid ar fy nghylchgrawn *i*." Edrychodd ar ei Is-olygydd. "Mi wna i siarad efo hi rŵan. Gyrra hi i mewn ata i."

Cyn gynted ag yr aeth Eleanor i nôl Carwen, gwenodd Seren ar Glyn ac Elin. "Diolch am roi lles y cylchgrawn yn gyntaf," meddai. "Well i chi fynd yn ôl at eich gwaith."

Agorodd Glyn y drws i Elin, ond yr eiliad y camodd y ddau i'r coridor, gwthiodd Carwen heibio iddyn nhw a hwylio i mewn i Ystafell y Bwrdd Rheoli, yn edrych yn goch ac yn flin.

"Dwi ddim yn meddwl y bydd hi'n barod i adael heb stŵr," sibrydodd Glyn.

Wnaeth Carwen ddim cau'r drws ar ei hôl a gallai Elin a Glyn glywed bob gair a ddywedodd. Roedd hi'n fwy anodd clywed Seren, ond mae'n rhaid ei bod hi'n gofyn i Carwen ai hi oedd yn gyfrifol am bopeth oedd wedi mynd o chwith yn ddiweddar.

"Gas gen i'r cylchgrawn 'ma!" poerodd Carwen. "Dach chi i gyd yn haeddu hyn."

Atebodd Seren hi'n dawel, ond roedd Carwen yn gweiddi.

"Fi ddylai fod wedi cael y swydd!" bloeddiodd. "Dwi'n werth cant ohoni *hi*. Ac am yr *hogan ysgol* bathetig 'na, wel . . ."

Cydiodd Glyn ym mraich Elin a'i harwain hi oddi yno. "Rydan ni wedi clywed digon," meddai. "Roedd Seren yn llygad ei lle. Mae'n amlwg fod Carwen yn dal dig."

Daeth Carwen allan o'r swyddfa gan glepio'r drws ar ei hôl. Gwelodd Elin a chuchio. "Yr hen sinach fach!" meddai gan wthio heibio iddi.

"Paid â chymryd sylw ohoni," cynghorodd Glyn.

"Wna i ddim," atebodd Elin, ond er hynny roedd y casineb yn llais Carwen wedi ei brifo. Doedd neb yn hoffi cael eu galw'n sinach. "Wyt ti'n meddwl y byddai'n iawn i mi fynd i lawr i helpu Swyn yn lle mynd yn syth 'nôl i'r swyddfa?" gofynnodd wrth Glyn.

"Wrth gwrs," atebodd Glyn. "Tyrd, awn ni lawr 'na efo'n gilydd. Dwi'n siŵr y gall yr Adran Gyfrifiadurol ymdopi hebdda i am bum munud arall."

"Diolch," meddai Elin gan ddal y dagrau'n ôl. "Mae hyn wedi bod yn anoddach nag ro'n i'n feddwl."

I lawr yn y seler, rhoddodd Elin help llaw i Swyn gyda'r post. Roedd Eleanor wedi ffonio'r ystafell bost ar ran Seren i ofyn a oedd Elin yno, ac i wneud yn siŵr ei bod hi'n iawn. Roedd y Golygydd yn dangos mwy o gonsŷrn am ei myfyriwr profiad gwaith nag oedd Elin wedi'i ddisgwyl, ac roedd hynny'n gysur mawr iddi.

Roedd Elin wedi pwyllo erbyn hyn, ac wrthi'n brysur yn rhoi'r post mewn sach pan glywodd hi lais cyfarwydd yn siarad â Swyn.

"Dwi'n deall bod Elin Cadwaladr yma yn rhywle," meddai'r llais.

Edrychodd Elin i fyny. "Fi ydi Elin," meddai gan wenu. "Ac mae'n rhaid mai chi ydi Yncl Meurig."

Gwenodd y dyn. "Rwyt ti'n iawn," meddai gan ysgwyd llaw Elin. "Dwi wedi siarad efo ti ar y ffôn unwaith neu ddwy, ond heb dy weld di ers blynyddoedd. Wel wir, rwyt ti'r un ffunud â dy dad!"

"Rydach *chi'n* debyg iawn iddo fo hefyd," dywedodd Elin, gan feddwl am y llun oedd ganddi o'i thad.

Syllodd y ddau ar ei gilydd am eiliad cyn i Yncl Meurig glirio'i lwnc. "Wyt ti'n rhydd i ddod am ginio?" gofynnodd.

Llythyr i Elin

Roedd Elin wedi cael diwrnod gwych yn yr ysgol. Roedd copi o'r rhifyn diweddaraf o *Calon* yn ei bag, ond fu dim rhaid iddi ei dynnu allan i'w ddangos i neb. Roedd pob un o'i ffrindiau wedi prynu copi a dod â nhw i'r ysgol. Roedd hyd yn oed athrawes Saesneg Elin wedi darllen yr erthygl a'i mwynhau.

"Dwi *mor* genfigennus," gwichiodd Catrin, oedd wrthi'n darllen yr erthygl ddwy dudalen ar y Lewisiaid.

"Ti a Fflur!" gwichiodd Leusa.

Rhoddodd Elin ei dwylo dros ei chlustiau. "Ro'n i *mo-o-or* lwcus," meddai'n wylaidd.

Pwyntiodd Hannah at y llun o Elin yn sefyll rhwng yr efeilliaid. "Ti'n edrych mor cŵl. A'r ffrog 'na! Lle gest ti hi?"

"Nain oedd piau hi."

"Waw!"

Cerddodd Elin i fyny'r llwybr at y fflat gan feddwl pa mor lwcus oedd hi i gael ffrindiau oedd yn falch o'i llwyddiant hi – ffrindiau oedd mor wahanol i'r Carwen sur, genfigennus. Wrth iddi agor y drws ffrynt canodd y ffôn, felly gollyngodd Elin ei bag ar y llawr a rhuthro i'w ateb. Yncl Meurig oedd yno.

"Haia!"

"Haia!" atebodd Elin.

"Dwi'n hoffi dy erthygl di. Mae hi gen i o mlaen. Da iawn ti!"

Roedd Elin wrth ei bodd. "Diolch. A diolch eto am fy helpu i gael profiad gwaith ar y cylchgrawn. Faswn i byth wedi cael lle heb eich help hi."

"O, wn i ddim am hynny," meddai Yncl Meurig dan chwerthin. Yna newidiodd ei lais. Swniai ychydig yn anniddig, yn swil hyd yn oed. "Elin?"

"Ia?"

"Ydi dy fam adra?"

"Nac ydi. Fydd hi ddim yn ôl o'r gwaith am ryw awr arall."

"O."

Doedd Elin ddim yn siŵr os oedd Yncl Meurig yn falch neu'n siomedig.

"Yli, wnei di ddweud wrthi mod i wedi ffonio, ac y byddwn i'n hoffi cael gair efo hi? Mae angen i ni gwrdd i drafod pethau. Mae hi wedi bod yn amser hir . . . a . . . wel, dwi'n gobeithio y gallwn ni fod yn ffrindiau. Wir rŵan. Wnei di roi'r neges iddi?"

"Wrth gwrs y gwna i."

"Mi ffonia i eto. Dwi'n addo."

Diffoddodd Elin y ffôn ac edrych arni hi'i hun yn nrych y cyntedd. Syllai wyneb cyffrous yn ôl arni, wedi'i fframio gan wallt a chwythwyd i bob cyfeiriad yn y gwynt. Dychmygodd Elin beth fyddai ei thad wedi'i feddwl o hyd i gyd. Credai y byddai wrth ei fodd yn clywed bod ei deulu'n ôl mewn cysylltiad eto. Gobeithiai y byddai o wedi bod yn falch o'i huchelgais hi hefyd ac yn hapus drosti. Teimlai rhan ohoni'n drist nad oedd ei thad o gwmpas, ond o leiaf roedd ei lyfr nodiadau ganddi. Byddai ei eiriau doeth o fudd mawr iddi.

Tynnodd ei chôt a'i hongian. Yna sylwodd fod pentwr o amlenni'n sownd yn y blwch llythyrau. Cydiodd Elin yn y cyfan a mynd â nhw i'r gegin. Tra oedd y tegell yn berwi, edrychodd Elin drwy'r bwndel. Roedd yno ddau docyn yn cynnig pizzas rhad, a chwpwl o filiau i'w mam. Roedd llythyr iddi hithau hefyd – rhywbeth anarferol iawn. Estynnodd Elin am y llythyr a sylwi bod stamp ystafell bost *Calon* arno. Pa aelod o'r staff fyddai'n ysgrifennu ati hi, tybed?

Eisteddodd efo mygaid o goffi ac agor y

llythyr. Gwelodd y papur swyddodol cyfarwydd y cafodd hi gymaint o drafferth i'w blygu ar ei diwrnod cyntaf. Plygwyd y dudalen yn berffaith, a chwarddodd Elin wrth ddyfalu tybed ai Gloria oedd yn gyfrifol. Edrychodd ar waelod y llythyr a gweld, er syndod iddi, mai Seren oedd wedi ysgrifennu ati.

Annwyl Elin,

Mae'n ddrwg gen i fod yr amser a dreuliaist ti gyda ni wedi'i gymylu gan gyfres o ddigwyddiadau anffodus. Fodd bynnag, dwi'n ysgrifennu atat i ddiolch i ti'n swyddogol am ein helpu i ddod â phethau i fwcl ac i'th sicrhau na fu'r amser a dreuliaist ti acw yn ofer.

Hoffwn roi cyfle i ti weithio efo ni unwaith eto. Rydyn ni'n sylweddoli mai dy waith ysgol yw'r flaenoriaeth, ond fe hoffen ni i ti gysylltu â'r swyddfa yn ystod dy wyliau ysgol nesaf. Allwn ni ddim addo y cei di wneud yr holl gyfweliadau selébs, ond gallwn roi cyfle i ti ddatblygu dy sgiliau hyd nes y bydd di'n gadael yr ysgol a phenderfynu os wyt ti am ddilyn gyrfa mewn newyddiaduraeth ai peidio. Petai gen ti ddiddordeb, rho ganiad i'r swyddfa os gweli di'n dda, i drefnu amser i ti ddod i mewn.

Yn gywir,
Seren Maelor, Prif Olygydd.

Darllenodd Elin y llythyr. A'i ailddarllen. Roedd hyn yn anhygoel! Gallai Elin fynd yn ôl i weld Swyn a Glyn rŵan, a bod yn gyw newyddiadurwraig! Am wych!

Allai Elin ddim aros i ddweud wrth Hannah a gweddill ei ffrindiau, ond yn fwy na hynny allai hi ddim aros am y gwyliau ysgol nesaf er mwyn dal y bws, cerdded i fyny'r ffordd, a mynd 'nôl i weithio i *Calon*, y cylchgrawn sy'n cyffwrdd pawb!

Bywyd byrlymus Elin efo . . .

Cylchgrawn Calon

Er mwyn darganfod beth sy'n digwydd nesaf y tu ôl i'r llen yn swyddfa Cylchgrawn Calon, darllena:

Cindy Jeffries yw
awdur cyfres wych

Gweld Sêr

Straeon cyffrous o
Ysgol Berfformio
Plas Dolwen

(addasiad Emily Huws)

Wyt ti wedi darllen y teitlau hyn?

1. Cipio'r Cyfle
2. Seren y Dyfodol
3. Cyfrinach Ffion
4. Cythraul Canu!
5. Llwyddiant Llywela
6. Lwc Mwnci
7. Seren
8. Sêr Nadolig
9. Brenhines Bop
10. Brwydr y Bandiau

Seren y Dyfodol

Cindy Jefferies addas. Emily Huws

2

Gweld Sêr

Cyfrinach Ffion

Cindy Jefferies addas. Emily Huws

3

Gweld Sêr

Cythraul Canu!

Cindy Jefferies addas. Emily Huws

4

Gweld Sêr

Llwyddiant Llywela

Cindy Jefferies addas. Emily Huws

5

Gweld Sêr

Lwc Mwnci

Cindy Jefferies addas. Emily Huws

6

Gweld Sêr

Seren

Cindy Jefferies addas. Emily Huws

7

Gweld Sêr

Sêr Nadolig

Cindy Jefferies addas. Emily Huws

8

Gweld Sêr

Brethyn Cop

Cindy Jefferies addas. Emily Huws

9

Gweld Sêr

Brwydr y Bandiau

Cindy Jefferies addas. Emily Huws

10